Coração pequeno
Gabriel Stroka Ceballos

cacha
lote

Coração pequeno
Gabriel Stroka Ceballos

Para minha mãe,
por cegar o abismo com uma faca de luz.

E para meu pai, a Zefa, a Pati e o Leo.

No fim das contas,
tão pouco é necessário, e esse pouco
o coração sempre soube.
No Egito, o Deus do conhecimento
tinha cabeça de macaco.

Olav H. Hauge
tradução de Vasco Gato

Acho que se tivesse um concurso de inteligência eu ia ganhar, mas acho que tem vários tipos de concurso que podia ser, mas acho que ia ganhar a maioria, pelo menos os concursos de criança, mas acho que de adulto eu também podia competir, se alguém me visse eu esticando a mão assim ia pensar nossa dá pra perceber que ele é inteligente do jeito que ele pega o negócio, se fosse ela ia falar "Tá vendo? Ele é diferente. Meu Deusinho", mas acho que num sei ainda o que vou escrever, acho que vou escrever "pai você também é muito inteligente que nem eu", não, "pai você é superturbo" superturbo é legal mas melhor não, hum, "pai parabéns por ser muito bom de professor e inteligente também do seu jeito", isso acho que ele vai gostar, melhor escrever de lápis, tem coisa do outro lado não tinha visto, ah é meu nome, então se é meu nome tudo bem, aí posso escrever porque já é meu e ainda mais de bilhete de surpresa é, mas melhor só ver antes, a-te, a-tes-ta, atestado de-ó-bi, óbito, atestado de óbito, sim, eu sei o que é essa palavra, atestado de óbito, é, como, quando, se alguém precisa atestar que recebeu isso, que tem um óbito já, de certa forma é algo assim, mas não preciso explicar pra mim mais porque sei o que significa, mas talvez ele num sabe então acho que vou perguntar pra ele pra ver se ele sabe também que nem eu, e tem o meu nome então é meu, mas melhor deixar aqui senão ele já vai ver a parte do bilhete e num vai ser de surpresa, quanto será que tem de página esses livros? acho que mais de mil e acho que ele já leu todas, essas poeirinhas voando podia ser cada uma uma pessoinha, olá, tudo bem? olá, tudo bem? como vai? desculpe só estou passando pessoinhas, só Deusinho passando, desculpe fazer vocês terem que sair pro lado, vocês são muito boas de voar, se eu conseguir pular pra fora da porta direto aí posso andar normal, e também vai ser tudo perfeito do discurso, consegui, sou bom de pular, isso é barulho de cortar acho, ele já deve tá cozinhando, vou bem silêncio como se fosse de num dar pra ouvir.

O que foi, querido? Nada não, só vim olhar lá fora, pai. Mas tava pensando, se alguém não sabe o que é óbito, qual que ia ser o melhor jeito de explicar? *Depende da situação, meu amor.* Ah, tipo uma situação normal. *Então podia explicar normalmente.* Claro, pai, acho que eu também ia explicar assim. Acho que é o melhor jeito. ele tá chorando? acho que ele tá chorando. Pai, você tá chorando? *São só as cebolas. Pega o sal ali filho, por favor.* são só as cebolas, só as ce ce ce bolás. Tó pai. ce ce bolás, ce ce ce bolás, o óbito das ce ce ce bolás, ela cantaria comigo, mas ele melhor não, ele gosta de música de CD mais. Pai, tem alguma música que fala de óbito? *Sim, claro. Mas não com essa palavra. Com sinônimos provavelmente. Você põe a mesa, querido? Acha que consegue?* Entendi, sinônimos. Eu também sei o que é isso. Pai, você já teve um óbito? *Como assim?* Tô brincando, pai. Mas, e se você tivesse que explicar de outro jeito, sem ser do jeito normalmente? *Não mexe na faca não, querido.* Desculpa, pai. Só tava vendo, que acho que é bom eu ver todas as coisas né? *Acho que então falaria que óbito é deixar de ser.* Deixar de ser? *A possibilidade da impossibilidade, tem alguém que fala isso, não lembro quem.* Acho que esse não é um bom jeito de explicar, pai, de você e dessa pessoa, mesmo que você é bom em várias outras coisas. Você é bom de explicar de dar aula. Você só não é bom de explicar óbito. Mas, tudo bem, fica tranquilo que ninguém eu acho que vai te perguntar. esse borbulhando parece barulho de caldeirão, essa panela, que nem quando a bruxa fala prove, prove um pouco menininho, não vou provar se eu não quiser, e acho que se eu visse uma bruxa eu ia saber que é, que de filme eu sei sempre quando a gente tá vendo, acho disso eu sou bom de saber totalmente, prove menininho, eu não vou provar bruxa idiota, mas você não é idiota desculpa, só do mal eu acho, talvez eu ia ter um escudo que é de espelho porque se ela jogasse magia dava pra rebater e ia direto nela. Pai, tá borbulhando, né? Posso ver? *É perigoso filho. Acho que melhor não, né? Acho que ela não ia querer, meu amor. Será que ela ia deixar?* Eu subo na cadeira, eu consigo. *Acho melhor não, meu bem.* Tá bom, desculpa por pedir, pai. ele deve tá certo e eu devia saber, devia ter pensado, mas agora já entendi e sei mais ainda, é que fiquei com muita vontade, mas vou melhorar nisso com certeza e com certeza rápido. *Tá bom o cheiro?* Tá sim, pai. talvez ele não sabe o que é óbito mas não quer falar pra não parecer que ele não é muito bom de professor, mesmo que eu sei que ele é muito bom e com certeza o melhor, pelo menos pra mim e com certeza de todos, mas talvez eu posso perguntar só mais uma vez última totalmente a última e se ele não falar de um jeito bom eu paro. Pai, tem outro jeito mais fácil de explicar o que é óbito tipo pras outras pessoas normais entenderem totalmente e bem fácil? *Óbito é quando alguém morre. Óbito é morte. Esse é o jeito mais comum, né, querido.* Ah tá, pai. Eu sei. Só tava perguntando como você explicaria mesmo. Acho que esse é um bom jeito de explicar, pai, parabéns. quando alguém morre, certificado de quando alguém morre, todo mundo deve ter que ter esse certificado pronto então, por isso que ele já tem o meu guardado, sim, ele já deve ter o meu guardado porque todo mundo tem então, de documentos eu entendo um pouco menos do que do resto, admito, mas mesmo assim acho que fica igual meu nível de inteligente, as crianças que vão pro colégio não devem saber sobre esse tipo de assunto também, mas até que eu entendo bem e bastante.

Pode começar a comer, filho. Tô esperando você pra rezar. Ah, claro, claro. Bom, então, é, Deus, tu em todos os teus nomes, todos os santos, e todas as leis da divina graça, agradecemos esta comida em nossa mesa, este teto sobre nossa mesa, e agradecemos que seja sob este teto e nesta mesa que o teu destino se escreve. Explica ao meu filho como ser uno contigo. Joga tua divina graça sobre os olhos dele e ilumina tudo o que deve ser dito. Me guia também a ensiná-lo com as certas palavras. Mana tua sabedoria em nossos corações. E me perdoe se tudo o que digo já está feito. Me perdoe por minha pequenez e minha ignorância. Que nesta casa tu, nosso Deus e filho, cresça forte e ideal. Prometemos tornar esta ou qualquer comida sobre nossa mesa parte de teu grande monumento. Amém. Amém. *Foi bom, filho?* Foi, pai. *Não foi bom como ela né, querido?* Foi ótimo totalmente pai, só faltou meio que Alá e Buda e Krishna, como se fosse os outros nomes que ela falava, dos tipo principais acho, mas não sei. *Ah, verdade. Mas foi ótimo mesmo assim, pai, você é muito bom também nisso. Esfriou a sopa? Que eu demorei né?* Tá quente sim, tá boa, já vou experimentar. *Desculpa não fazer algo melhor.* acho que ele queria que fosse quando ela cozinhava, mas ela quase nunca cozinhava só às vezes, mas acho que ele gostava mais sempre das coisas dela mesmo, saladas saladinhas ancestrais, ancestrais como assim será? eu gostava também, mas salada não muito, mesmo que era boa com certeza, não sei qual eu gostava mais da comida, acho que da dela porque devia ser melhor, meu Deusinho, *um prato todo da terra para alimentar meu Deusinho, sem sofrimento, viu filho? isso aqui não alimenta? fibra, vitamina, tudo, olha as cores desse prato, a terra dá tudo filho, mas eles querem o grande escurecer, eles querem, mas você é a luz, querido, a nossa luz,* eu gostava de "meu Deusinho", mas grande escurecer dava medo um pouco, não pensar, não pensar. Ô pai. *Quer que o papai sirva mais?* Não, não. Ia falar outra coisa, mas esqueci. ele nunca fala Deusinho, só fala querido ou Filho, mas melhor não perguntar. acho que eu gosto de Filho, o Filho, o Grande Filho da Terra, o Grande Filho do Céu ela falava às vezes também Grande Filho do Céu, mas acho que ia ser legal outro nome também pra escolher, Carlinhos podia ser, Jota, Mariano, El Mariano, El Louco, El Louco é legal, ou podia ser Mauro Lucio mesmo, que nem normal que era, que nem no atestado, mas assim ele não fala mais nunca, será que eles falavam Mauro Lucio ou Maurinho, num lembro, "uma uma u Malu! uma uma u Malu!" isso. Malu era legal, acho que eles só falavam Malu, mas num sei totalmente, ou eu podia ser Super Antaicos, só ainda não sei o que é Antaicos porque eu inventei agora e talvez ainda não tem significado totalmente mas com certeza já vai ter logo, e Power Balusco, esse e o Super Antaicos acho que eu ia gostar, ou Power Óbitaicos, Óbipower, Óbipaulo. Pai, porque tem um atestado de óbito meu? Acho que eu vi lá no quarto. *Você mexeu, querido?* Só vi um pouquinho, mas deixei lá. *Era coisa dela, filho. Melhor não mexer mais, tá? Coisa do sonho. Depois do negócio do pastor. Lembra como ela ficava nesses dias? Parecia que tava com uma estrela em cada olho, não parecia, filho? Querendo falar mais que a boca. Mas como era ruim quando passava, né? Desculpa, eu não devia te lembrar essas coisas. Mas, lindo, lembra quando a gente ficou abrançado forte ela aquele dia e ela soltou um pum?* ela fez cocô na calça, pai! *É verdade.* Mas bem que ela pediu pra gente parar, que ela ia conseguir segurar, mas a gente continuou rindo aí ela não conseguiu. *É mesmo, filho.* Acho que foi o dia mais engraçado talvez de pensando agora. E esse pum acho que foi o mais fedido com certeza né, pai? Mas, pai, do negócio lá por que que tem já o atestado? Mesmo que eu tô vivo já é pra ter mesmo assim, né? Acho que eu entendo totalmente. *Papai trabalhava tanto nessa época. Como é que eu conseguia sair de casa todo dia, querido? E quando eu te levava pro trabalho comigo, disso você lembra? Da sala dos professores?* Só lembro uma vez, pai. Da vez dos aviões. *Eu nunca mais vou voltar a trabalhar daquele jeito. O que que você lembra de quando você foi comigo, querido?* Foi da vez dos aviões, pai. Da gente jogando aviãozinho. *Ah, sim, sim! Como você gostava disso.* É que de lá era alto né pai, daqui é ruim, cai direto na grama. *É né, ruim mesmo.* Mas só isso é ruim aqui, pai, o resto é bom. *É, também não sei. Mas imagina a gente ficar o dia todo só num apartamento pitchuco.* pitchuco ele num tinha falado nunca. Mas por que que tem já o negócio meu? O atestado. *Não é seu, filho. É seu mas não é, sabe? A gente tem que ouvir ela, lembrar sempre do que ela dizia. E se ela não disse, a gente tem que ouvir no nosso ouvido como se ela tivesse falando. Que que será que ela ia estar falando agora?* Mas tipo eu posso ter outro nome, mesmo que sem ser Malu? Ou só Filho mesmo e Deus e desses jeitos? Não agora, pode ser mais depois, pai. Se der. No final do ano talvez seria legal ou no ano que vem podia ser, mas só se tudo bem. *Foi ela que escolheu aqui, filho. A casa. Acho que é bom, né? Eu nunca ia escolher tão bem. Você acredita que ela pisou ali nas pedras, sabe aquelas da entrada, e falou na hora que era essa? Que a gente não precisava mais procurar. Que a casa tava pronta para receber a gente.* Não lembro, pai. Mas acho que talvez eu lembro um pouco. *Você era bebê, difícil lembrar mesmo.* acho que ele tá cansado, acho que não vai querer dar aula hoje, mas pode ser que sim.

    Em uma casca de banana a mosca pousa, mas se a casca estiver dentro de um saco plástico, a mosca não pousa. A mosca não pensa, só presta atenção. A mosca está sempre prestando atenção, filho. Ela não pousa no saco. Se precisar procurar comida, ela não pensa em procurar comida, ela procura. Então não precisa pensar muito pra fazer coisa inteligente, pai? *O que você acha?* Acho que precisa, mas num sei. Tipo, na verdade eu sei. Mas num sei de falar ainda. acho que ele talvez tá triste sem ser só das cebolas, ce ce ce bolás, ce ce ce moscas. *Filho, você me perdoa se a gente continuar depois? Papai precisa deitar um pouco.* acertei que ele ia falar isso, então eu acho que consigo ler mente um pouco, talvez por enquanto só a dele e posso treinar mais, mas com certeza mesmo se for pouquinho eu consigo. Tudo bem, pai, pode deitar. Descansa bastante sem problemas. *Desculpa, viu, meu amor.* acho que ele vai descansar de um jeito que recupera totalmente, mesmo que normalmente ele nao fica tão mais descansado, dessa vez acho que ele vai acordar totalmente mais feliz porque eu também vou fazer um jeito de ele ficar mais feliz já no sonho que ele vai ter.

    a mosca, a mosca, a mos-camos-camos-ca, a mosca cebomosca, a ce ce ce bomosca, a ce ce ce bolás, nossa, olha essa formiga, que com negocinho branco e vermelho nunca vi, está perdida dona formiga? sim, acho você médio de bonita, mas mais pra sim, com certeza e acho que ela ia achar mais pra muito linda porque é diferente, então acho que talvez você é mais que médio bonita e talvez junto com os primeiros de mais bonitos de bicho que eu conheço, mas depois de lagartixa e pastor alemão, parabéns por ser assim e ser diferente, não também não sei onde é sua casa, mas acho que por ali, sim, pode seguir em frente, já sei vou fazer um lanche pra ele, um lanche de Deusinho para seu paizinho, ce ce ce-bolás, ce ce ce-bolás, puts, acho que não tem pão, hum pode ser bolacha de água e sal então talvez, como será que faz elas? meus assistentes, tragam a água, sim a melhor água disponível, a água das montanhas geladas, e você, segundo assistente, busque o melhor sal do mundo, oh, aqui estão, os dois ingredientes perfeitos, agora é só misturar com o toque do chef e levar pro forno, pronto, a bolacha perfeita está pronta do melhor jeito, manteiga tem pelo menos, mas pra passar melhor faca da outra, mas as afiadas são muito lindas, mas melhor não, eu sou uma faca afiada, eu sou a filha da Lua! filha da Lua ela falava, ah quebrou a bolacha, ah mas a manteiga dá pra grudar, manteiguinha cimentinha, cimentinho amarelo, acho que ele não vai ligar, será que faço sanduíche ou tipo torrada, acho que sanduichinho igual ele fazia pra gente, mas ela às vezes falava que saco de comer muito só sanduíche, mas mais quando ela tava sem fazer nada também de deitada, mas eu achava bom e acho que ele é bom de cozinheiro, acho que prefiro a comida dele às vezes também, mas sem ser totalmente que da dele fosse a melhor, acho que vou pôr requeijão também mesmo com manteiga, e ele gosta de salada, é, salada com requeijão talvez é diferente, aí acho que ele vai gostar, acho que eu seria um bom cozinheiro também, consigo inventar, não tenho medo de inventar, mas acho que não vou ser cozinheiro, acho que vou ser não sei ainda, pela minha inteligência posso escolher qualquer profissão acho, mas também depende de, acho que não posso escolher nenhuma profissão antes do negócio do discurso, mas depois eu não sei, cozinheiro pode usar faca e pode ser das afiadas, isso é legal, mas tem que cozinhar todo dia, acho que eu seria um cozinheiro conhecido por só fazer um prato quando vem a inspiração, e de sempre fazer um prato novo, nada nunca que alguém já tenha comido, se eu fosse mesmo virar agora é importante porque é meu primeiro prato, minha primeira obra desde que eu sou cozinheiro, será que eu levo lá já ou deixo pra quando ele levantar, talvez é ruim no meio dele dormindo mas talvez ele tá com fome, melhor eu levar porque pode dar uma muita energia e muita felicidade com vontade de acordar principalmente se ele perceber que é um prato muito bom e especial de cozinheiro e, mesmo que ele num vai perceber que é o primeiro meu como cozinheiro, acho que vai dar pra saber de teste se esse é um prato que todo mundo ia querer, vou ficar bem xiu, ah mas ele tá acordado ainda, talvez eu tô lendo a mente dele de novo mas acho que é mais porque ele tá sem roncar mas é um pouquinho sim de ler mente também. Posso acender a luz, pai? *Deixa que eu acendo aqui, filho.* a folha tá no mesmo lugar acho que ele não leu ainda será. *Ah, não precisava, querido. Eu é que devia fazer comida pra você. Que situação.* óbito é certificado de quando alguém morre, e mesmo que eu não morri já precisa, mas não entendi só totalmente, só quase totalmente que já é bastante, mas melhor falar disso depois que aí ele vai querer. *Não precisava, lindo.* Senão gostar tudo bem, mas acho que você vai gostar, pai. Eu que inventei. *Vou gostar sim. Vamo ver aqui, pera aí. Humm, pera. Hum, tá gostoso sim, muito gostoso hein, muito bom, filho.* Pai, acha que eu podia ser cozinheiro? Tipo depois do discurso. Mas não sei se eu queria. Que que você acha que eu ia ser bom? Acho que no discurso mesmo né? Mas tipo, tem como saber mais ou menos quando vai ser? *Não gosto que você fale assim. Parece que a gente tá te obrigando. Quer dizer, pode falar como quiser, querido, você é que vai saber como chamar. Você é que vai saber. Mas vamos pensar nisso depois? Papai tá muito cansado agora.* ela gostava mais do discurso do que ele. *Sua mãe não ia apontar o caminho errado pra gente, ia? Ela era muito especial, não era?* Era mesmo, pai. E, pai, sabia que eu acho que você é o melhor professor e eu sou o melhor aluno? *Você é bom mesmo, filho.* Mesmo se tivesse outros alunos na nossa aula, você acha que eu ia ser o melhor? Como eram seus outros alunos? *Cada um era diferente.* Mas no colégio não dá pra aprender tanto quanto aqui, né pai? ela que falava isso, mas acho que ele também acha, vou dar tchau mas preferia que ele não fosse dormir mais agora.

A mosca não come quando pousa no plástico. Pensar é ficar do lado de fora, atenção é encostar. Percebe, filho? Ah, pai, mas eu posso pensar sobre o que tá acontecendo agora. *Não dá pra filtrar sem se separar. Não dá pra imaginar a realidade sem sair dela. Você entende isso?* Acho que sim, pai. *Pensamento é interpretação. E atenção não é nada.* será que eu tô concentrado? acho que eu tô com cara de concentrado muito, acho que essa é a atenção máxima que dá pra ficar. *O pensamento é uma interpretação e a atenção não é nada. Mas é muito mais difícil encontrar o nada do que interpretar a realidade. Malebranche falou que a atenção é a piedade da alma. Não é bonita essa frase? Ela achava que não tem que citar ninguém. Então imagina que essa frase é de todo mundo. A atenção é a piedade da alma, meu filho. Mas você não precisa falar desse jeito. Até melhor não. Melhor falar com as suas palavras. O mundo precisa das suas palavras, não dessas que eles já ouviram.* minhas palavras, qual será que são minhas palavras, hum, la atenção es la piedade, eu podia falar assim, la atenxón es la piedare, la aterons es. Pai, tava pensando, as minhas palavras melhor ainda se eu inventar totalmente, né? Tipo se for totalmente minha e novas como se não existisse nenhuma. *Sua pergunta é boa, mas como é que eu posso te dizer isso, filho? Acho que as pessoas tem que entender, né?* ele falou que minha pergunta é boa, minhas perguntas são boas mesmo, talvez posso ser um entrevistador depois, é, senhor artista qual o significado de repeléquios? não sabe responder? então me diga o que o senhor acha de óbitos? ótima resposta, agora é a hora da sua apresentação, gente preparem-se, ele vai cantar a música das cebolas, a música mais conhecida do mundo, uma salva de palmas, por favor, por favor, muito bem, mas ficar só no mesmo programa não sei se quero, então podia ser entrevistador viajante, hello, mister, do you know the famous onion song? ela falava inglês melhor que ele, e talvez melhor que eu também provavelmente porque eu ainda era mais pequeno ainda, mas nisso ela tinha morado onde que era mesmo? será que algum dia eu vou pra lá morar em outro país? Londres acho que é legal e talvez meu país entre os preferidos, mas depois da Jamaica, talvez eu vou pra Londres então, hello, hello sir, hello madame, yes, yes, ok, thank you, wonderful. Pai, quanto eu preciso saber de inglês pra entender tudo? *Você já sabe bastante, filho, mas precisa mais um pouco.* Mais quanto, pai? Me ensina por favor, mas só se der. *Você tem que se concentrar nas aulas, filho. Como é que ela falava aquele ditado mesmo? Das cobras.* Só quando a pele antiga cai da cobra, a cobra descobre o que já sabia. *Isso, filho, entendeu né?*

uma semana de férias que ele tinha falado. *Tá comendo direito, filho?* ele é o homem horizontal. Tô sim, pai, e você, tem certeza que não quer um sanduíche dos meus? Que eu inventei outro novo. *Tenho, filho, papai não tá com fome.* o homem horizontal é o homem sem fome, será que quando fica sempre deitado a comida não desce e aí fica usando bastante? nada a ver, mas podia ser então pode ser, quando o grande homem sem fome vai levantar? o homem sem fome se levantou plebeus! ele é um gigante que vai pisando em tudo e rindo, parece que ele quer dar suas aulas para todo mundo, e todo mundo que ele grita muito alto APRENDAM AGORA!, homem horizontal é o professor godzilla, vamos todos aprender juntos, APRENDAM, APRENDAM, APRENDAM, vamos, o mundo inteiro e ninguém sabe responder? não sabem responder as perguntas sagradas? estão assustados, é? ESTÃO ASSUSTADOS? EXTRÃO ASSUSTAZZI? EXTRAZAS ASSARTRAAAAAM? o monstro não fala nossa língua gente, mas acho que estou entendendo as perguntas, vou levantar a mão e dar a resposta, senhor monstro a resposta é sim e não, acho que ele tá pensando, todo mundo tá em silêncio acho que eles tão com medo ainda mas tão todos torcendo pra mim, o professor godzilla abre a boca e grita e bate palmas, eu tava certo, perfeito tudo muito super calmo e todo mundo feliz, perfeito, descanse agora professor godzilla, descanse, descanse agora no seu armário preferido que é a melhor caverna, durma os próximos mil anos até a próxima grande aula, acho que vou levar os soldados pro quintal, expedição na selva eu gosto que nem daquele filme que o papai gostava, vocês viram esta aula, Commandos? ainda bem que ele não destruiu a cidade toda, vimos sim Capitão Comandante, e a sua resposta hipnotizou ele para dormir mais mil anos, muito obrigado Capitão Comandante, não há de que, só fiz o que deveria ser feito, agora vamos enfrentar essa selva, que eu ouvi falar que os Karivasters estão espalhados por ela, puxa, os Karivasters, Capitão Comandante? sim, nossos grandes inimigos, mas não podemos ter medo, mesmo eles sendo invisíveis e superfortes de ataque, vamos, marchando, marchando, abram a plantação, isso, vamos abrindo a plantação, muito bem, devagar, fiquem bem xiu todos, companheiros acho que sinto um Karivaster a noroeste, é aquele lado ali, PWWWCH! oh, meu Deus! oficial Jon pisou em uma mina, você se feriu oficial Jon? sim estou muito ferido mas sigam sem mim, sigam em frente, nunca faríamos isso com você Jon, oficial mudo, coloque Jon nas costas e seguiremos a expedição, malditos Karivasters, malditos malditos, acho que são eles ali, sim, tenho permissão para atirar Capitão? Sim, Commandos, fogo já pode sim, tá tá tá tá tá tá tá tá tá tá tá tá tá tá tá tá tá tá tá tá tá tá tá tá, acho que acabamos com eles, tá tá tá tá tá tá tá, agora sim acabamos com eles Capitão Comandante, pode ter certeza oficial Criver, vamos dar saltos mortais em comemoração, veja esse, Capitão Comandante esse foi muito mortal, acho que mais de trinta mortais no ar, olhem, é a janela do quarto do colosso deitado, o grande homem horizontal agora é do bem, vamos fazer um teatro para que ele seja enfeitiçado pela felicidade ou que fique com vontade de levantar logo, ótima ideia Capitão

Comandante, Oficial Criver bata na janela do colosso. *É você, filho?* Não é seu filho, aqui são os matadores de Karivasters. Se apresentem, companheiros! Sou o Oficial Criver, senhor Pai! Eu sou o oficial Jon, senhor Pai! E este ao meu lado é o oficial mudo, infelizmente ele não fala nada, senhor! E eu sou o Capitão Comandante, senhor Pai, e peço permissão para a gente contar uma aventura, senhor! Tenho sua permissão? *Claro companheiros, permissão concedida.*

 de jeito de pensar acho que tô mais velho e de jeito de sentir acho que também, que é o que meu pai fala de maduro que eu tenho que ser, porque acho que já sei até que bastante, e talvez com certeza se eu perguntar pra ele acho que ele vai achar também, mesmo que eu já tinha quase certeza, porque acho que agora tô entendendo melhor as coisas quase todas, aí é melhor também pra já saber mais ou menos o discurso e ficar bem preparado, e isso é bom que agora meu pai vai me ouvir ainda mais, e pensando que tô mais maduro então tenho que falar a verdade sempre, e acho que eu já falo ainda bem, se eu não falasse seria mentiroso, acho que não sou mentiroso porque Deus não mente provavelmente, mas eu ia conseguir mentir se eu quisesse, tipo, sim, sim, isso tudo é verdade senhor, eu já matei com certeza mais de um milhão de Karivasters, sim, um milhão, bem mais que cinquenta e bem mais que quinze, e eu já trabalhei como Commandos oficial em vários países porque eu consigo voar, consigo toda hora mas não quero agora, se eu quisesse ia te mostrar, já voei muito, em muitos países principalmente quando eu era Capitão oficial e tinha muitas armas, sim, sim, ah como eu faço? eu simplesmente voo, é meu dom, mas não se preocupe, você deve ter um dom também, apesar de não descobriu ainda, falando assim não parece tão errado de ruim, acho que criança pode mentir um pouquinho porque é criança, mas com minha idade já passou da idade agora, não, não, senhor, eu não voo, sim apesar de ser muito inteligente eu nunca voei, também nunca tentei de verdade totalmente, então num dá pra saber se é impossível pra mim, mas nunca voei até hoje, desse jeito é mais adulto de falar, mas se eu voasse podia ir no shopping sozinho isso ia ser bom, ia com certeza voar por cima da estrada só olhando os carros e falando tchauzinho, não se preocupem, está tudo bem, não vou cair, sim podem seguir dirigindo, olhe pra estrada senhor, cuidado pra não bater, como eu cheguei até aqui? não, não foi com o meu pai, não, eu vim voando, muito melhor do que pegar trânsito, eu não teria medo de andar na rua, mas meu pai não deixa, agora é só passar nessa janela do shopping e já vai sair perto do cinema sim sim, perfeito, olá atendente, uma entrada para o filme do Godzilla por favor, e um combo grande de pipoca, sim, o combo grande com Coca. *Filho, você lava essa louça pra gente?* Lavo sim. *Mas se quiser deixar pra depois tudo bem. Se for muita coisa, deixa um pouco pro papai. Essa panela. Essa é de ontem, deixa pra mim que é mais difícil.* Pai, um dia vamos no cinema? *A gente tem muita aula importante pra ver esse ano ainda. Difícil conseguir tempo. Tô querendo adiantar umas coisas já do ano que vem. Mas vamos tentar, filho. Não sei se ela ia querer que você saísse, você acha que ela ia deixar?* adiantar, sim, ótimo, vai adiantar o ano, se fosse num colégio ia ser tipo passar na frente da minha classe enquanto todos olham e continuar andando pra sala dos mais velhos, como será que é de estudar no colégio? deve ser bem pior mas talvez também legal. *Filho, sabia que hoje já é nosso último desenho? Hoje vamos desenhar a casa. A nossa mesmo, essa aqui. Esse é nosso último. Toma, escolhe qual lápis você prefere.* acho que vou começar pela porta, não, acho que vou fazer as paredes, isso acho que tá bom, os pinheiros, boa, acho que vou fazer que tá mais sol e nas pedras da entrada tem um sapo do tamanho da gente, acho que esse sapo ia ser nosso amigo e acho que vou fazer a entrada com essa cor que é mais laranja, será que tijolo é laranja ou marrom? *Avisa quando terminar, querido.* ele é mais rápido de desenhar, mas eu também não sou devagar, acho que não vou pintar essa parte, acho que pode ser já como se fosse o céu branco, como que nem nos dias que tá bem sol, só fazer o sol acho que o sol pode tá bem bravo que acho que às vezes ele fica com certeza, isso, acho que assim tá bom e bem bom com certeza, mas podia ter também eu, ela e o papai, e a gente podia tá os três voando então vou fazer asas que acho que gavião ou águia que é os melhores, e já podia ter na cozinha um monte de sanduichinhos, mas pra ela podia ter saladinhas ancestrais, acho que vou fazer a saladinha bem mexida que aí não precisa ficar fazendo os detalhes, só mais umas graminhas e acho que tá bom, talvez já tá bem perfeito. Terminei, pai. *Deixa eu ver? Lindo, filho, papai gostou. E olha a minha como ficou. Bem diferentes de novo né? O meu e o seu. Mesmo nossa casa, que a gente vê de perto todos os dias. Tudo bem que a gente não é desenhista, mas. Mas mesmo assim, filho, toda vez fica diferente, não importa o que a gente desenhe. Olha de perto. Pode comparar, por que você acha que elas ficaram diferentes dessa vez?* A minha parece maior, pai. *Verdade, filho.* E, acho que também, tipo, a minha tem bem mais coisa de detalhes e coisas de olhar. *E por que você acha que ela é maior, filho? A sua.* Pena que já vai acabar essas aulas, mas pelo menos é porque vai começar as novas, né? *Vão, filho.* Pena que já vão, mas porque eu tô adiantado, né? Pai, tava pensando, todas as aulas são sempre pra aquilo do discurso ou algumas são tipo aula normal de colégio? Mas, do que você perguntou da casa, acho que pensei que é porque eu sou menor que a minha ficou maior. Pode ser também isso, né? *Mas se um menino do seu tamanho viesse aqui você acha que ele desenharia igualzinho a você?* Acho que ele ia desenhar diferente, pai, porque até que eu sou bem bom de desenhar também, né? E também eu conheço várias coisas da casa que ele não conhece né e aí eu sei desenhar bem melhor que ele. *E se fosse só pra desenhar uma árvore normal? Acha que ia ficar igual?* Acho que ia ficar diferente também, porque eu também sou bom de desenhar árvore acho. *Mas, se eu falar para vocês irem até a árvore lá da entrada vocês dois iam entender do que eu tô falando, né?* Sim, porque só tem uma né, pai. *Mas se vocês iam pensar e imaginar a árvore de jeitos diferentes na hora de desenhar, como é que vocês acabariam indo atrás de uma coisa só, uma coisa igual pros dois na vida real? Você entende o que isso quer dizer, filho?* Entendo sim, pai, com certeza, só não sei explicar totalmente. *Dá pra ser otimista ou pessimista, filho. Mas o realista mesmo é só o pretensioso que acha que é possível ser realista.* Claro, totalmente pai. às vezes parecia que ela achava que ninguém entendia nada, mas acho que eu entendia, será que ela sabia desse negócio do realista? devia saber, ela sabia de um monte de coisas e da maioria das coisas, ele tá com cara que vai querer descansar mais, só que ele acho que fica mais cansado quando descansa, acho que eu tô achando isso, mas talvez eu já pensei nisso, será que os pensamentos vai juntando todos ou tem uns que desaparece totalmente? eu podia avisar ele que ele fica mais cansado ou talvez melhor eu só podia fazer uma vitamina todo dia, e bem de manhã bem cedo, que nem do sanduíche só que mais de energia, eu gostava de ela não fazer vitamina mas falar bastante que eu já era muito forte e ela falar que eu tava com vontade de acordar que eu ficava mesmo, meu Deusinho tá cheio de energia, não tá? de quando ela colocava a mão no meu rosto também, e agora a grande escolha, quem será o escolhido, filho? gira gira gira roleta, por favor, para em mim ponteiro, por favor, por favor, por favor, acho que vai parar em mim, quem será o Deusinho, quem será, filho? parou, parou em você, querido! você, filho! O Grande Escolhido! O grande Deus da Terra e do Céu! ce ce ce bolás, acho que eu ia ter cantado essa música esse dia se já se soubesse, o grande escolhido das ce ce ce bolás, ela ia gostar, Deusinho das ce ce ce bolás, mãezinha das ce ce ce bolás. Pai, ela era mais otimista ou pessimista? acho que ele não quer falar, mas acho que ela era mais otimista porque ela era sempre ótima e também do jeito de sempre pensar coisas boas e de saber totalmente que ia dar certo, mas eu sei que ela pensava coisas ruim também em silêncio que era quando ela fazia a boca fininha, mas eu queria que ela falasse dessas coisas pra mim também porque eu ia saber ajudar e resolver todas essas coisas provavelmente bem rápido, tipo tic tchac tic tchac tchuc, problemas resolvidos mamãe, mas tenho certeza que essas coisas ruim que ela pensava era só de medo e não de ser pessoa que pensa coisas ruim porque é mau, porque ela era mais totalmente do bem isso com certeza, acho que vou inventar uma brincadeira perfeita que faz ele não ficar cansado. Quer fazer alguma coisa muito legal, pai? Pode ser qualquer coisa por mim. De tipo que que você mais gosta de fazer de preferido? *Não sei, filho.* Você gostava de viajar né? Você foi com vovô pra montanha lá dos Malaias? *Não, querido, eu nem sei se eu tinha nascido quando ele fez essa viagem. Himalaias. Mas, eu gostava de viajar pra praia. Lembra quando a gente foi, querido?* Acho que lembro sim, pai, eu também gostei. Pai, e se a gente fosse pra praia? acho que ele num vai responder, daquele dia da praia acho de com ele eu num lembro, achei que era só com ela que a gente tinha ido, vamos passar por baixo da onda? vamos juntos, tá vindo, segura bem a mão da mamãe, um, dois, três e já! muito bom meu amor, sabe quem você é agora? o Deusinho dos Mares, sim, só faltava isso né filho? da Terra, do Céu, e agora dos Mares, meu amor.

só um dia que que custa? acho que prefiro praia do que cinema, talvez podia trocar no dia do cinema falar que eu troco cinema por praia, mesmo que praia demora mais, mas acho que dá tempo também, acho que com a calculadora já consigo ver o tempo mais ou menos que dá e ver se dá tempo, mas acho que não vou fazer as contas agora, e se eu soubesse dirigir aí ele só precisava ficar do lado e podia descansar bastante e também me dar aula enquanto eu levo a gente, isso ia ser perfeito, anotar na lista das ideias perfeitas, oficialmente guardado.

cebolas, selinos, selátios, selante, selinos, selátios, selinos, selátios, selátios parece felino, felino, canino, kani kani, canino. Pai, por que que o dente chama canino? É igual de cachorro? cachorro Deusinho, vem, vem, vem, papaizinho, vem, vem, vem, vem. Ô pai, é verdade que tem um som que só cachorro ouve? *É verdade, sim.* ele acho que não quer falar muito, que que será que eles falam nesse som de cachorro? acho que ele tá pensando que eu devia perguntar coisas mais de adulto, é verdade eu nem devia tá pensando em coisas tão idiota, vou ser mais maduro ainda e bem agora. Pai, quando é a próxima aula? *Amanhã a gente começa a próxima parte.* Tem algum livro de me preparar para eu ler até lá? é acho que tô sendo maduro e ele vai perceber totalmente. *Pode pegar qualquer um da estante, filho. Lê bastante que um dia acaba.* Sim, pai, é o que eu gosto de fazer, só não tenho feito muito isso, porque tava me preparando para começar mais agora. Sabe, acho que minha idade é uma boa idade para começar a ler mais, você concorda, pai? que livro será que é o melhor pra eu ler em primeiro, qualquer um ele falou mas podia ser direto o melhor eu ia preferir, hum esse acho que é só de cachorro, mas tá em alemão, ah mas tranquilo, tem várias figuras, "Wo", aqui tem "wo" também, que eu lembro que é "quando", aqui também, "wo", entendo essas três palavras já e acho que com as fotos dá pra ter uma ideia, acho que aqui fala que o pastor alemão é o melhor cachorro, senão não ia ter a foto maior do que dos outros, quando será que acaba as aulas? e também acho que ele é mais inteligente o pastor alemão, e acho que ele é o mais famoso também, por isso que trabalha com a polícia, a polícia nunca ia pegar o cachorro pior e menos famoso, deve ser legal esse trabalho talvez, mas deve ser ruim se atacar a pessoa errada, tomara que isso nunca aconteceu, tomara muito, e cachorro não fica cansado isso é muito bom, só pra beber água que eles gostam mais que a gente, talvez eu podia ser um treinador de cachorro, mas lembro que tem vários treinadores que são ruim e tinha um que batia no cachorro, foi da TV que eu vi isso eu lembro o programa aquele eu não gosto muito porque podia mostrar coisas mais legais e mostrar só cachorros bem feliz e talvez saltando muito alto, meu cachorro eu vou com certeza treinar pra saltar muito alto, mas eu vou treinar ele talvez sem ser obrigatório, tipo como amigo ele ia ser, eu num queria esperar, mas acho melhor eu ter ele quando eu for mais velho mesmo porque aí ele vai poder ser o meu melhor amigo do homem, ou talvez ele pode ser melhor amigo do menino também, mas em primeiro lugar de melhor amigo só não totalmente porque é depois do meu pai, e dela também, mas não sei se eles contam na lista de melhor amigo, acho que vou ter duas listas, uma lista que conta todo mundo, nessa eles dois tão em primeiro, mas qual que vai primeiro? acho que ela, mas acho que prefiro os dois em primeiro empatado, ou podia ter uma lista de melhor amigo homens e uma lista de melhor amigo mulheres aí ia ser fácil de ficar os dois em primeiro, e depois vai ter outra lista que família não conta, aí acho que meu cachorro vai em primeiro, mas por enquanto que não tenho cachorro vou ficar acho que só com a primeira lista, acho que se eu fosse no colégio ia ter mais amigos, pelo menos mais um ou dois ou cinco, e talvez uma namorada, que eu ia escolher a menina mais bonita da classe pra ser minha namorada, mas só se ela fosse legal, talvez muito legal, e acho que ela ia me escolher também com certeza, porque eu ia ser o mais inteligente igual eu já sou, e também eu podia ajudar ela se ela não soubesse de alguma resposta, acho que ela não ia ser mais inteligente do que eu, talvez só em segundo lugar, e ainda mais se a gente se ajudasse, mesmo que eu num ia precisar, mas a gente ia ser os primeiros da classe sempre todas as vezes, eles iam falar olha eles, nossa eles são muito bons de ficar em primeiro lugar, obrigado gente vocês são muito legal e também são inteligentes, acho que eu não ia chamar ela de gata, ia chamar ela do nome dela mesmo, mas acho que só vou ter uma namorada depois que acabar as aulas, quanto será que falta? tomara que no plano lá pode ter namorada, e será que eu e ela a gente vai ter filho? acho que cinco, porque aí eles viram amigos e já tem amigos e se eles não forem no colégio fica mais tudo bem, mas acho que eles vão no colégio sim e acho que vão ser todos inteligentes e igual de quanto, porque eu vou ensinar tudo pra eles igual bem totalmente, Deusinho um, Deusinho dois, Deusinha três, Deusinha quatro, Deusinha cinco, mas não sei se eles vão ser escolhidos também que nem eu mas pode ser que sim, acho que ainda não sei como saber, mas na hora vou saber com certeza, não sei se quero menino ou menina, acho que menino que dá pra brincar mais, mas também dá com menina, é que menina às vezes é chata eu acho, e menino iria ser que nem eu, então acho que é legal, mas se for menina, tudo bem vou gostar também, quantos será que minha namorada vai querer? acho que ela vai querer cinco também, porque é bastante e ela vai gostar de ser mãe, mas acho que vou escolher uma namorada que não fica muito cansada e que não gosta de coisas de igreja de ficar indo e também vou fazer vitamina todo dia pra ela e pras nossas filhas ou filho, acho que a gente vai dançar muito porque a gente não vai ficar cansados, e vou ensinar a música das cebolas, acho que é fácil pra criança ela e já dá pra entender desde bebê, mas entender de gostar, mas acho que vou esperar bastante pra gente ter filhos porque ainda quero fazer outras coisas antes de ter eles e também ainda tenho que escolher minha namorada, e talvez quero ter mais que uma, mas uma já tá bom primeiro, que nunca tinha vontade antes, mas agora deu até que bastante. Pai, onde eu posso conhecer uma namorada? *Namorar só quando você for mais velho, filho, só depois.* Mais velho quanto, tipo muito ou tipo pouco? *Sabia que foi sua mãe que pediu pra namorar comigo, filho?* ela gostava de pedir bastante coisas mesmo, tomara que minha namorada aceite quando eu pedir, com certeza ela vai aceitar, mas tomara, mas acho que talvez era melhor eu não falar da mamãe pra ele que acho que ele fica lembrando muito e fica triste mais, e acho que posso perguntar menos coisas pra ele porque eu com certeza no fundo sei as respostas pelo menos a maioria, pra ele acho que não vou mais perguntar de coisas de mim, talvez posso perguntar coisas mais dele que ele gosta de contar, ou talvez vou fazer as perguntas mais inteligentes sempre e isso vai deixar ele mais feliz e vai perceber que eu já tô quase pronto e vai adiantar as aulas, é só eu pensar bem antes de falar a pergunta perfeita, pensar que nem da mosca não porque ela é ficar fora da vida e isso eu num quero, mas ficar fora um pouquinho acho que tudo bem, melhor ele cansado do que bravo, mas melhor nenhum, porque cansado nunca dá pra saber quando vai descansar e sempre dá um pouquinho de medo também, mas me virar eu me viro também se precisar, posso fazer uma plantação aqui no quintal se ele ficar muito tempo dormindo, e depois eu podia ter umas galinhas, mas não quero matar as galinhas, então acho que só uma plantação mesmo, mas podia só pegar os ovos das galinhas, isso acho que tudo bem, mas eu não ia pegar todos, acho que só alguns, e na plantação acho que eu queria melancia e também arroz e feijão pra ter de almoço, ah e umas bananinhas também, acho que pra começar tá bom, é, me virar eu me viro pelo jeito, mas aí eu não ia ter nenhum amigo fora o meu cachorro e as galinhas, então ia ter que aprender a dirigir pra pelo menos ir na cidade, acho que eu podia ir no colégio só na hora do recreio pra brincar com todo mundo, mas aí ele que ia ficar sozinho aqui, e acho que é ruim ficar sozinho quando tá cansado, então acho que posso ficar por aqui mesmo até eu pensar em outro jeito de ele querer sair também, talvez daqui a um tempo ele vai querer, porque sair é legal e tinha vezes que ele gostava eu acho.

Por isso, como por um só homem entrou o pecado no mundo, e pelo pecado a morte, assim a morte passou a todo gênero humano, porque todos pecaram. O defeito do homem, filho, a fraqueza do homem, na carta de Paulo aos romanos. A tendência a desobedecer a Deus. Esse é o primeiro ponto da história. Somos pecadores porque temos o sangue de Adão. Acho que menos eu né, pai? *Ele abdicou da ingenuidade, filho.* Ah tá pai, acho que eu num sei se eu fiz isso. *Perdoados, mas pecadores. Rastejarás sobre o ventre e comerás pó todos os dias da vida. Porei inimizade entre ti e a mulher, entre tua descendência e os descendentes dela.* Lembra daquele dia da cobra, pai? *Lembro sim, filho.*

acho que se ele não tivesse comido a fruta a gente viveria pra sempre todo mundo, e ele sabia que não podia, eu queria que a gente vivesse muitos infinitos anos, ou mesmo se fosse infinito bem pouquinho, e também ia dar tempo de não ir no colégio um tempo e depois ir, quantos anos será que a gente ia ser criança se vivesse pra sempre? a gente ia ficar velho muito mais tempo talvez ou pode ser que ia parar de envelhecer na idade que escolhia, eu num sei ainda que idade eu ia escolher, mesmo que agora eu tô envelhecendo pelo menos eu aproveitei bastante até aqui, mas também podia aproveitar mais se der pra brincar um pouco com mais amigos. *Deus disse aos anjos, vou instituir um Califa na terra.* Que que é petini, pai? Que fala califa tá de olho no decote dela. *Estabelecerás nela quem ali fará corrupção, derramando sangue, enquanto nós cantamos louvores a Ti e santificamos Teu nome? Assim os anjos responderam.* bikini do petini. *E deus falou eu sei o que vós ignorais. As palavras de Maomé, filho. A fraqueza do homem, de novo. Todos os filhos de Adão cometem erros repetidamente. Os melhores são aqueles que se arrependem, é o que fala a Suna.* acho que eu me arrependo também, porque acho que tô entre os melhores, mas do que que será que tinha que me arrepender que não me arrependi? acho que por enquanto nada, mas talvez algum dia eu vou errar também, ou talvez nunca, mas acho que se eu errar só uma vez tudo bem, que não muda de eu ser Deusinho, acho que queria que minha namorada fosse Deusinha que nem eu também, e depois deusa normal, mas acho que sou só eu de todos mesmo, mas pelo menos dá pra brincar normal com quem não é escolhido, que nem eu brincava com meu pai e ele é normal acho, mas também ele é meu pai então é meio escolhido mesmo que não principal que nem eu, acho que minhas opções de amigo agora é bichos ou sair de casa às vezes e conhecer outros melhores amigos, sair sozinho não posso porque é perigoso que ele falava, mas ela falava também que eu que sei das coisas o que é mais importante, então eu com certeza consigo tomar cuidado e sair, mas só tenho que decidir onde eu podia ir, talvez podia começar no McDonalds e pegar um McLanche e talvez eu já podia pegar uns a mais pra vir mais brinquedo e já dar pros meus amigos de presente, mas se for escolher só um lugar melhor ir num colégio que seja mais perto e tipo ir só na hora do recreio que é a hora mais legal, com certeza todo mundo ia adorar conhecer eu porque acho que ninguém conheceu Deusinho nenhum não de perto, mesmo que eu não sou da classe deles eles vão com certeza querer muito ser meus amigos aí vou ter que escolher então talvez eu vou hoje à tarde já, mas melhor bem cedo pensando bem, e acho tranquilo deve ter placas falando de onde tem colégio, porque na cidade sempre tem placas, mas talvez melhor ver em outro lugar antes pra ter certeza, mas não sei onde que eu podia saber sem perguntar pra ele, mas se eu seguir minha intuição que nem ela falava eu vou achar com certeza, porque intuição dá pra saber sempre o certo, e minha intuição agora é fazer um lanche que tomara que tenha salame e também tô com intuição que já tá na hora de dormir pra mim.

 melhor ir agora que ele tá dormindo e com certeza talvez eu volto antes de ele acordar, e acho que vou levar o Capitão Comandante que todo mundo vai gostar dele e a gente pode fazer uma missão em dupla, psiu Capitão, vamos! sem fazer barulho, só eu e você, não, não podemos acordar a equipe toda, essa é uma expedição solo, somente nós em dupla, como Capitão Comandante eu não posso deixar minha equipe para trás, você não está deixando eles, você está salvando eles Capitão, que nossa missão é muito mais arriscada do que todas e eu só posso contar com você, que é totalmente o mais importante e melhor dos Commandos. ENTENDIDO! obrigado, então vamos, vamos, eu peguei uma blusa para os sete invernos e para os sete sóis dos continentes que vamos visitar Capitão, e ela é perfeita pra você não ficar com frio e ter visão estratégica de ver tudo e ficar de dentro dos bolsos, cada hora o bolso que escolher, me protegendo de todos os lados, pode subir, fale baixo e vamos pisando devagarinho que temos que despistar o grande homem horizontal, que nem da outra vez mas dessa vez é mais ainda, fique de olho na minha retaguarda, eu vou destrancar aqui e estaremos livres, fechadura destrancada Capitão, e aí vamos nós, vejo que tá muito escuro ainda, não acha?, câmbio, acho que sim Capitão,

mas já vai clarear e se a gente esperar mais o grande homem horizontal vai acordar, câmbio, ok vamos lá, você que manda, câmbio, vamos em direção ao portão que acho que a área está livre, mas tive uma ideia vamos avançar dando golpes no ar pois se tiver alguma coisa a gente já mata, e quando chegar onde que não dá pra ver de lá eu ligo minha lanterna, para a gente não gastar pilha antes e não ficar muita luz, ótima ideia Deusinho, câmbio, obrigado Capitão, câmbio, até logo casinha hasta la vista, cuidado que essa área pode ter muitas coisas porque não dá pra ver nada eu vou usar a luz Capitão, que todos os monstros ou qualquer outra coisa ruim que tiver vai se assustar do claro, agora essa parte dá pra ver melhor que a Lua está nos ajudando Capitão, acho que eu fiz ela ajudar a gente que lá tava sombra das árvores, mas essa parte dá pra ver totalmente quase, vou agachar que acho que se o homem horizontal olhar a janela pode ser que dá pra ele ver a gente nessa parte, cuidado pra não cair Capitão Comandante segure bem no bolso, deixa que eu te ajudo, e eu também vou tomar cuidado que a pedra tá molhada e acho que é sereno que acho bom sinal que falam com certeza né Capitão, perfeito avançamos do jeito perfeito e parece que já estamos na parte que a gente não conhece totalmente, mas eu meio que lembro o caminho da estrada Capitão então não se preocupe hein, vamos por aqui e se avistar algum perigo não deixa de me avisar, ok? não sinto nenhum cheiro de Karivasters nessa área Senhor Major Deusinho, os Karivasters não são tão corajosos quanto nós, opa, parado Capitão! acho que ali é uma cobra, ativar visão forte e melhor, item reconhecido, é apenas um galho, seguir em frente, seguir e seguir e seguir, acho que isso pode ser uma música nova, minha música nova de exército, vamos sempre conseguir e seguir e seguir, vamos sempre conseguir e seguir e seguir e seguir, vamos sempre conseguir, gostou Capitão? acha que é bom pra comandar as tropas? canto aprovado, Major! mas, de exército tem que ser bem alto Major, falando alto assim
SEGUIR E SEGUIR E SEGUIR, SEMPRE EM FRENTE

VOU SEGUIR E SEGUIR E SEGUIR, acho que a sua versão é boa e bem perfeita também Capitão, podemos falar cada vez uma, mas acho que a minha primeira e a sua depois, que a sua é mais alta para o batalhão, então melhor agora não, porque a gente não sabe os perigos que pode ter perto, de ouvir sabe, mas quando a gente tiver no campo aberto ou onde pode fazer bem barulho com certeza vamos usar a sua bastante, tá bom? câmbio, perfeito Major, combinado, nossa você ouviu isso? acho que foi um carro ou um superfoguete, mas pelos meus cálculos creio mais que foi um carro mesmo, que estamos perto da estrada Capitão, sim, veja é a estrada mesmo, vamos, cuidado com as pedras, veja, a estrada é muito grande Capitão, é muito maior do que de dentro do carro, não? Capitão, você sente esse vento? o grande vento das máquinas, o outro lado deve ter colégio por ali, com certeza, vamos atravessar, mas melhor pela passarela, que sorte de essa passarela ter perto, os anjos estão do nosso lado pelo jeito Capitão, mil anjos pelo menos, eles me conhecem eu acho, vamos marchar, por aqui por aqui, hora de subir as escadas, nem estou cansado Capitão e você também não né, que está bem no alto da torre, que eu que sou a torre pra você ser o que olha de longe e vê tudo, sim sim eu também gosto muito de você Capitão e também acho que a gente é amigos mesmo, tampe os ouvidos tampe, esse caminhão é o som mais alto que já ouvi, vamos olhar pra baixo só um pouco, CAPITÃO, NÃO! CAPITÃO! meu Deus, eu tinha que ter fechado melhor o bolso, acho que já era, que que eu faço Capitão acho que você morreu com certeza mas com certeza foi o melhor Capitão e também com certeza foi o melhor boneco, mas em primeiro foi meu amigo e me ajudou totalmente a achar o caminho, Capitão vou rezar pra Deus de lá o principal e também pra mim e falar pra nessa reza você ir pro céu dos capitões e lá todo mundo vai fazer assim: bem-vindo Capitão parabéns pelo serviço mais perfeito e vai ter todos os outros que você já tinha conhecido e também vai ter Barbie pra você ter de namorada que acho que você talvez queria ter namorada depois de ser Capitão tenho quase certeza e talvez eu ia voltar pra avisar o Jon e o Oficial mudo e o Oficial Criver, mas acho que você ia querer que eu seguisse em frente, então tudo bem vou em frente Capitão, vou seguir e seguir SEGUIR E SEGUIR E SEGUIR, SEMPRE EM FRENTE VOU SEGUIR E SEGUIR E SEGUIR, pronto última vez que cantei sua música em sua homenagem aí das próximas eu canto a minha, acho que posso pedir informações pra aquele homem, ele parece um mágico ou feiticeiro, então pode ser um mago disfarçado, talvez ele tem poções e talvez tem venenos também, mas eu ia saber escolher e pegar poções que ajuda a pessoa a escolher o caminho certo. Senhor, senhor, oi, tudo bem? Qual que é o caminho melhor pro colégio? Tipo eu meio que sei, mas também acho bom às vezes perguntar por isso que eu tô perguntando pra você. ixi não dá pra entender nada que ele fala, mas acho que ele tá tentando falar que é pra lá, pela minha intuição ele tá falando desse jeito porque talvez ele sabia que eu ia entender, sim. Obrigado, senhor. Tchau estou indo então. feiticeiro ele era com certeza ou podia ser só de pessoa que já é muito velho, mas já sinto que o caminho tá funcionando porque o Sol tá ali e acho que o Sol tá meio que querendo me avisar e dar bom dia, o Capitão ia gostar de ter te visto o Sol porque ele gostava de brincar na grama e a maioria era na grama, mas talvez agora ele tá morando no Sol, porque o céu pode ser que é la dentro, Sol agora vou enviar uma mensagem pra você e com certeza vai chegar, é que se o Capitão tiver aí fala pra ele por favor se der que minha expedição dessa viagem vai ser em homenagem a ele, ele e também a mamãe, acho que posso entrar nessa rua, sinto que pode ser rua de colégio ou de padaria, uma padaria ia ser bom, mas tô sem dinheiro então talvez se der fome eu tenho que pedir pra alguém comprar pra mim, ou eu posso trabalhar um pouquinho que também acho que tudo bem é só escolher um dos empregos que tava pensando pra depois, acho que os dois jeitos é bom pra mim e acho pensando que mesmo se eu não trabalhar tudo bem que eu vou ajudar todo mundo depois então não tem problema se eles me ajudarem um pouco, mas eu não preciso porque também se der muita fome posso encontrar um lugar pra caçar ou uma árvore de frutas, mas isso acho que não tem aqui perto e acho que ia ter que andar muito e eu não gosto tanto de andar na estrada acho, acho que eu prefiro rua menor que nem essa do que lá, que assim que é menos barulho, mas também não fui em todas as estradas pra ter certeza, então pode ser que tem outras que é mais legal e menos perigosa, é que aquela já é agora a estrada do Capitão, boa ideia acho que depois quando chegar a hora de anunciar pra todo mundo do discurso e vou ajudar todos nessa hora acho que aí talvez vou escolher mudar o nome da estrada se deixarem pra ter o nome do Capitão, Estrada Capitão Comandante, mas se já tiver outro nome de outra pessoa aí acho que pode ser o nome da outra pessoa e do Capitão juntos, acho que ele não ia ligar e ia até gostar porque ele sempre foi muito bom de trabalhar em equipe, esse cachorro é uma fera ou será que é um amigo? acho que eu tenho que pensar bem pra saber já só de pensando, ou posso andar devagarinho que é que nem teste, sei que com comida é um jeito bom porque cachorro gosta de comer sempre pelo que meu pai falou, e come muito por isso também que acho que ele não quer, mas num tenho comida agora mas posso fingir que tenho e só que entrego depois. Toma, toma cachorrinho, quer? Sou amigo, sim sou eu, o Deusinho, ela falava que eles entendem tudo então ele já sabe que eu sou o Deusinho. Por isso você tá calminho, acho que você quer ser meu amigo e meu guardião, né? acho que você quer muito ser meu amigo talvez quer ser meu grande companheiro de a gente viajar, nossa por que que você tá indo embora? ah, tudo bem tchau, acho que a gente só foi amigo pouco tempo, mas acho que mesmo assim ele gostou, mas ele já tinha outros amigos mais antigos com certeza, só que não aqui e provavelmente talvez ele tem uma família bem legal e acho que ele queria ir comigo por isso falou oi, mas ele não podia por isso da família dele, a essa hora o papai já deve ter acordado, ele deve já tá me procurando mas também acho que ele vai saber que eu sou inteligente e volto logo rápido, só tenho que aproveitar um pouquinho porque senão chega depois e aí eu já não vou ser criança, tipo igual fala aproveita que você é criança, então agora vou fazer o giro do destino igual que tem e acertar a escola logo onde que é: 3, 2, 1, pra lá! sim, com certeza é pra lá e eu tô perto já, eu podia chegar até mais rápido se eu quisesse muito, mas também acho que eu quero aproveitar e ir devagarinho um pouco pra ver bem o caminho que tô achando legal, bem devagarinho mas na velocidade certa que também é sem atrasar nenhum pouco pra chegar certinho na hora de falar o discurso pra todo mundo acho que vai encaixar perfeito toda a minha vida pra eu chegar na hora bem na frente de todo mundo, e também não mais devagar pra não atrasar de chegar de novo em casa, porque se ele tiver triste que lá não tem ninguém, mas acho que ele não ia embora, que ele é mais de ficar descansando homem horizontal e acho que ele não ia me deixar sozinho mesmo que ele ficasse muito triste, só se ele ficasse muito mais que ela, que ela tava bem triste muito mais, e o bom é que talvez se ele tiver normal não vai levantar tão rápido pro café da manhã e vai pensar que tá me deixando dormir mais, que eu gosto de dormir bastante até tarde também talvez isso eu puxei dele com certeza, dela menos que ela acordava bem cedo e ficava como a gente era preguiçoso e só ela não, mas eu nunca mais vou ser preguiçoso, e melhor eu aproveitar também o caminho que tô aqui porque que nem ele falou que tem que prestar atenção senão não toca na vida, um Deusinho no caminho de tocar na vida-da, vida-da das ce ce ce bolás, um Deusinho no caminho, ce ce ce bolás, um Deusinho no caminho das ce ce ce bolás, acho que músico é mesmo com certeza das primeiras coisas que eu mais gosto de ser, e talvez mesmo antes de depois eu podia, porque podia contar tudo que meu pai ou ela planejou só que contar em forma de música, e aí todo mundo ia achar mais legal talvez que o discurso só falado normal, mas acho que isso eu tinha que perguntar pra ele, mas pensando também posso fazer uma surpresa já que a luz é a coisa mais importante ela falava e eu que tenho, Meu Deusinho você veio com a tocha no nosso mundo escuro, assim era o melhor jeito de falar, acho que ela devia ser meio escolhida também ou ter a luz também, que pra ver a luz precisa de luz, ah não pensando bem pra ver a luz precisa de escuro então ela era bem o escuro só que o escuro bom com certeza um escuro que é do bem, não o escuro de que nem ela falava que é meio que mais pra ruim totalmente, só que não é o mal também que não sei se tem diabo, cabeza vazia, mas cabeça oca lembra de desenho, o caminho oca oca ocaminho, ocaminho ocaminho oca oca ocaminho, que fominha que fominha quifo quifo quifominha, vamos ver vamos ver, talvez eu possa sentir qual planta pode comer, é só pensar bem sem pensar, de intuição acho que é isso, pensar bem perfeito sem pensar podia ser o jeito de ensinar de como fazer intuição e fazer bem na hora certa, acho isso bom e acho que provavelmente com certeza tem que tá no discurso, sinto que talvez essa planta aqui porque é a mais que parece gostosa, mas talvez nenhuma, é vou ficar um pouquinho mais caminhante esperar um pouquinho mais, um Deusinho caminha, acho que um dia eu queria andar no deserto, só o ruim é que talvez dê muita sede, pelo deserto do discurso vou que vou que vou, acho que o deserto é acho a paisagem mais bonita de todas, um Deusinho é uma mosca, uma mosca de ouro e eu vou andando e andando até chegar no grande ande ande ande desti desti destino, deste não daquele, não, o grande destino dos grandes destinos, tipo como sendo o maior de todos, será que Jesus e os outros pensam em mim como tipo eles ou mais como tipo as pessoas? acho que mais como eles, mas acho que mesmo se eles não pensam nisso aí é porque talvez não sabem, mas aí tudo bem, porque eu posso ensinar eles também, e depois acho que eles iam ser meus amigos mais amigos porque todos têm poder igual eu provavelmente de força é parecido e de inteligência também, mas também quero antes os amigos do colégio e a minha namorada que já deve tá esperando pra me conhecer, aguarde querida já já estou aí, mas se você conseguir vem vindo um pouquinho pra cá que a gente se encontra antes e você me leva até o colégio, acho que ela deve ouvir isso bem baixinho dentro do ouvido e pensar que é só pensamentos, mas não tenho certeza mas tudo bem não ter certeza dessa vez só, porque no fundo dá pra saber, que nem quando aquelas pessoas que são grandes sábios falam coisas sem falar totalmente, dessas histórias que meu pai contava era legal, mas agora já tô em outra fase da vida, essa vai ser acho a fase da caminhada. Com licença, sabe dizer onde fica o colégio? *O Maria das Lourdes?* Acho que pode ser esse com certeza moço. *É virando ali, querido, bem depois da árvore. No portão amarelo mesmo. Corre lá que eu te olho daqui.* Brigado. esse homem era legal e rápido, talvez fosse um sábio também, e talvez tem muitos sábios que a gente não sabe, mas acho que a maioria é legal porque eles sabem com certeza que é bom ser legal, tomara que todo mundo sempre me ache legal também, será que às vezes eu sou chato? tomara que nunca porque ia ser a pior coisa, talvez pior não mas talvez tivesse na lista de piores mas com certeza não em primeiro, eu podia fazer a lista das piores e das melhores e fazer elas tão com todas as coisas que ia ficar muito longa as duas até encostar uma na outra porque ia se encontrar no final bem como se fosse na pontinha como se tivesse amarrando duas cordas, mas imagino que parece mais barbante porque lista é mais fininho, não é que nem como se fosse um, que que podia ser grosso, ah não mas não ia precisar amarrar, que ia no final ser a mesma, vou entrar como se tivesse andando normal, lá lá lá, sou mais um aluno, melhor virar e dar um tchauzinho pro sábio, lá lá lá, tudo normal, estou acostumado a entrar nesse colégio sim sim, é ia ser a mesma lista que é uma só que nem como se fosse a mesma ao contrário, mais que nem de estrada. *Vamo voltando pra classe, vamo, o sinal já tocou.* Aham, tô indo já. Mas só vou no banheiro antes. Onde que era mesmo? Sempre vou normal, moço, mas esqueci. *É ali, garoto, à esquerda, no final do corredor.* Brigado, e depois eu vou pra aula, brigado. ele totalmente acreditou ou tá fingindo pra me seguir, ah mas não tá seguindo não então acho que sou bom de fingir, mas fingir sem ser de jeito falso, fingir mais de fazer coisas certas que eu sei na intuição, ele parecia bravo mas parecia médio legal também, o papai não é bravo mas de quando ele fica quieto parece mais bravo um pouco sim, tomara que ele não tá triste agora e nem bravo, mas talvez bravo é melhor, mas só se não for muito, na volta eu podia comprar um presente pra levar pra ele de surpresa, mas não sei quando vou voltar porque tô gostando e seguindo minha intuição acho que percebi com certeza que é bom eu viver muitas coisas antes de me apresentar e fazer o discurso perfeito, e como eu sou eu então eu que sei mais qual é o jeito perfeito de me preparar, ele também sabe bastante e ela também sabia mais ainda, porque ela que sabia que eu era o Deusinho de antes bem do começo ela sabia, talvez ele já sabia também, mas acho que ela que sabia antes, porque ele não tinha certeza e pra saber precisa ter certeza, mesmo que for sem certeza de palavras, acho que vou fazer cocô, tomara que seja cocô duro, mesmo que tem papel ufa, acho que ele pode tá um pouco triste sim, mas ele também pode pensar "acho que vou ficar feliz pra quando o Filho chegar me ver feliz", ele não é muito assim, mas ele com certeza é mais forte que triste porque ele aguenta dar muitas sonecas mesmo quando tá triste, vou sair agora fingindo que só tava normal e que nem fiz cocô, já é intervalo com certeza, porque tá cheio aqui ou pode ser aula livre pra eles, acho que vou andar até aquela parte aberta que é onde tem mais gente, que é o melhor lugar pra conhecer gente então, lá lá lá sou daqui de sempre, talvez eu posso falar oi pra aquele menino que tá parado, é vou chegar e vou falar, acho que pode ser normal. Oi. *Oi.* Você sabe do discurso? *Que discurso? O Professor Mathias vai falar?* Não, é um discurso que eu vou fazer, mas não fala pra ninguém por enquanto. *Tá bom. E sabia eu tenho o Power Ranger vermelho daquele maior?* É mais ou menos desse tamanho, *fica ruim de caber na mochila, mas é o mais legal.* E eu tenho também vários bonecos, mas não tá aqui. Mas eles também são muito legais que nem o seu Power Ranger vermelho, mas ele eu nunca vi. *E eu também gosto do azul.* E eu gosto do verde e do preto. *De que classe você é?* Não quero falar agora. *Tá bom, eu sou da sala C. A sala C é a mais legal e em segundo é a turma E.* Sabia que eu tenho várias coisas que você precisa saber que eu vou falar? Mas só vou falar depois. Mas enquanto isso eu só vou brincar e falar normal com quem é meu amigo. Se você quiser pode ser meu amigo, eu acho que eu vou ter quatro melhores amigos e ainda tá com quatro vagas livres. *Amigo não tem segredo então você podia falar sua classe.* A maioria não, mas alguns amigos sim. *Não, nenhum tem, porque minha mãe falou que amigo não tem segredo e eu e ela a gente é amigo e não tem segredo.* Mas alguns têm, mesmo que a maioria não, por isso que sua mãe falou provavelmente, então ela não tá mentindo, só que não é todos que têm. *Se eu souber alguém da sua classe posso perguntar sem você falar.* Pode, mas é que eu sou novo, então ninguém me conhece ainda, e eu também ainda não lembro o número da minha classe. *Tá, eu vou querer ser amigo, mas quando você souber sua classe, depois você fala, e eu vou ser amigo seu só se você prometer que vai falar. E prometer que não vai mentir nada. Dos mais mentirosos o Júlio Jota é o mais, por isso que eu não gosto dele.* Tá. Eu falo sim com certeza sem mentir, mas só quando eu já tiver ficado bastante na classe e gostar da classe. Então agora tem três vagas de amigo fora você. acho não tô mentindo, acho que tô só não falando a verdade por enquanto, mas depois eu vou falar a verdade pra ele e ele talvez vai ser meu assistente de quando eu for bem famoso e já tiver falado com o mundo, mas assistente amigo. Amigo, eu esqueci de falar, também tem vaga pra namorada, uma vaga só. Então agora tenho que saber qual é a menina mais bonita do colégio e mais legal também. *É a Bia Lobato. Todo mundo acha ela a mais bonita. Eu também gosto dela.* Então eu também gosto dela, mas não fala nada ainda, porque ela vai ser minha namorada e eu quero fazer surpresa pra todo mundo. *Ela não aceita namorar com ninguém, mas acho que ela gosta do Carlos Taia, então acho que ela num vai namorar com você.* Onde que ela tá? *Tá ali, é a de cabelo de trança. Ela sempre vem de trança. Você só vai gostar dela se você gostar de trança. E se gostar de menina que é mais pra brava, mesmo que às vezes ela é muito legal com todo mundo. Mas às vezes muito brava mesmo. Mas teve um dia que ela trouxe chiclete pra todo mundo, que foi o dia que o pai dela voltou de viagem e ele trouxe um monte. E era daqueles chicletes de tatuagem e eu tirei a do coração, mas eu queria a de lagarto que era a mais legal porque era azul e lagarto azul é o mais raro, mas ninguém quis trocar, mas aí eu fiz do mesmo jeito. E todo mundo ficou com tatuagem. A professora ficou brava mas todo mundo ficou feliz. E também teve o dia que ela trouxe chocolate, desse dia eu não ganhei, mas eu vi que ela foi bem legal, mesmo que eu não ganhei. Mas tem outros dias que ela é muito chata e brava.* Eu não gosto de menina que é brava, mas talvez ela só é brava com quem não é namorado dela, talvez se eu for namorado ela não vai ser nenhum dia brava comigo. *Pode ser que com você ela vai ser legal, mas eu acho que não, porque ela briga com todo mundo que fala que gosta dela, então ninguém mais fala. Mesmo que antes todo mundo falava. É que mais antes ninguém falava porque todo mundo tinha vergonha, mas veio a Dona Carla e falou que todo mundo tinha que falar de quem gostava senão ia ter aula até mais tarde, porque a Bia Lobato falou que o menino que gostava dela que arranhou ela, mas não falou quem que era o menino. E nem a Bia Julia que é melhor amiga da Bia Lobato sabia quem foi, mesmo que elas fazem tudo junto. Ou a Bia Julia sabia e não falou. Às vezes eu achei isso. Mas acho que ela ia falar se precisasse, porque senão a Dona Carla já tinha falado que ia ser pior pra ela.* Entendi, mas acho que quando ela saber quem eu sou num vai ficar mais brava. *Entendi, vamos ver grandalhão, meu pai fala assim, vamos ver grandalhão. Mas grandalhão sou eu. Porque eu sou mais alto que você, mas eu tô te chamando de grandalhão porque agora a gente é amigos. E meu pai é mais alto que eu e me chama de grandalhão.* Entendi, como você chama? *Eu sou o Miliguel. E você?*

Pode me chamar de Deusinho, prefiro do que grandalhão. acho que vou parar de falar com ele agora, e agora acho que vou falar com ela, Bia Lobato, acho que gostei desse nome, será que vou agora ou vou depois, se ela ver eu conversando com o Miliguel vai achar que eu sou igual ele, eu achei ele legal por enquanto, mas não quero ser igual ele, vou continuar sendo amigo dele, mas se depois ele não for legal vou falar pra ele, mas melhor eu não falar porque ele pode ficar triste, mas também posso falar de um jeito bom e de um jeito que ele vai gostar de saber que ele pode ser mais legal, desse jeito é bom para poder melhorar, acho que vou falar com a Bia Lobato agora sim, minha intuição tá falando que é a melhor hora bem agora, acho que eu não tô com medo porque sou corajoso, mas tô com um pouquinho sim talvez, acho que meu coração tá bem rápido e isso pode ser bom ou pode ser ruim, só tomara que não fique muito mais rápido porque fica bem sentindo como se eu fosse morrer, mas acho que não vou né porque eu não posso morrer, se eu morresse não ia ter discurso então com certeza eu não vou morrer porque todo mundo precisa do discurso e Deus não ia fazer isso e eu também sendo Deusinho é só escolher não morrer, mas ficar o coração rápido assim talvez é normal, porque é de quando gosta e mais de quando vai falar com a pessoa, mas só que é muito ruim, então acho que não gosto de gostar, mas de ficar rápido também pode ser que é porque é de quem é muito corajoso e eu sou o mais, mas acho que vou falar com ela depois, acho que vou deixar ela esperar, acho que depois vai ser a melhor hora, pelo que eu tô sentindo percebi isso. Miliguel, acho que vou falar com a Bia Lobato depois. *Beleza. Eu também não ia ter falado se a Dona Carla num tivesse mandado.* Mas eu vou falar. É que eu percebi que é melhor falar mais depois, porque agora ela precisa ficar sozinha. Eu já percebi que é o jeito dela pela minha intuição. Sabia que eu sou muito bom de intuição? *E eu sou o segundo que corre mais rápido da classe. Só fico depois do Zé Ferrério.* E a minha intuição dá pra saber as coisas antes aí não preciso correr, mas se eu quisesse correr ia correr muito rápido, porque eu já corri várias vezes e eu também era rápido. *Em qual lugar você ficava no seu outro colégio?* Eu ficava em primeiro porque só tinha eu porque eu estudava em casa. *Então você também ficava em último.* Não, porque eu chegava antes que eu achava que eu ia chegar, então eu chegava primeiro. Tipo primeiro do que eu. *E sabia que no salto, do em distância, não de altura, eu salto mais que o Zé Ferrério? Mas quem ganha de todos nesse é o Duda.* Como você ia explicar o que é o salto em distância? Tipo, eu sei o que é, mas é legal fazer esses testes pra saber como você ia ser se fosse de professor. *Salto em distância é quem sai correndo e consegue saltar mais longe.* Achei uma boa explicação, acho que você ia ser bom de professor. Sabia que meu pai é o melhor professor? *Como você sabe que ele é melhor que todos?* Eu sei mais ou menos tudo. Mas disso você tem que fazer segredo, porque aí já dá meio pra saber do plano que é dos meus pais pra eu fazer. E já que a gente é amigos o segredo tem que jurar mortal que não vai contar pra ninguém. Você jura? *Tá bom. Tá. Eu juro. Mas então a gente vai ter que ser melhores amigos pra sempre, porque se parar de ser amigo aí pode contar, e nesse caso Cacaso, então melhor não falar nada. Meu pai que fala também "Nesse caso, Cacaso!"* Beleza, oficial combinado, a gente vai ser melhor amigos pra sempre então, e mesmo se você for chato eu vou ser melhor amigo seu. E se precisar vou falar pra você como ser legal fica tranquilo. acho que talvez ele pode ser legal sempre. dupla Deusinho e Miliguel, os melhores amigos, acho que combina, agora só falta minha namorada pra talvez eu seguir meu caminho em frente, o resto da lista de amigos eu vou deixar pro próximo dia, talvez eu posso também conhecer um pouco mais coisas antes de voltar pra casa, porque se voltar agora talvez meu pai vai querer que eu fique mais em casa muito, só que se eu não voltar ele pode fazer igual ela, mas também acho que ele nunca ia fazer igual ela, mas melhor voltar, só queria talvez falar com a Bia Lobato antes, com certeza ela vai me achar legal, eu vou falar só vou tomar coragem agora e vou. *Bateu o sinal, você num vai pra classe?* Vou sim, já vou, Miliguel. Só vou no banheiro antes. Só que vou num outro banheiro não esse aqui, porque acho mais legal o outro. *Beleza. Tchau.* é acho que vou voltar um pouquinho pra ver meu pai e volto amanhã pra me apresentar pra Bia, e vou aproveitar e vim com a melhor roupa e eu posso trazer um presente que ela goste bastante e que seja perfeito, acho que talvez ela vai gostar do livro dos cachorros que tem o pastor alemão e meu pai nem usa muito, mas vou pensar em mais ideias mas em primeiro é essa, acho que sair foi bem mais fácil que entrar e de guardinha esse já é outro mas ele tá muito pensando em coisas longe que nem me viu, o Capitão Comandante ia gostar que isso foi missão completa quase já ou pelo menos sair do colégio pode contar de checkpoint isso com certeza, agora é pra lá e depois vira pra qual lado mesmo? vou tentar ativar uma memória bem forte que da pra lembrar de tudo, acho que ativou mas lembrei de outras coisas que são muito dificil de lembrar, mas só não lembrei de pra qual lado é, acho que então vou ter que usar minha intuição de novo, vou seguir bem esse muro e depois talvez eu pergunto, mas só se eu perguntar da estrada, boa posso perguntar da estrada que vai ser mais fácil mas vou andar mais seguindo e continuando antes porque é melhor às vezes do que pensar, e os outros acho que a maioria não vai saber onde é a estrada, e assim eu não gasto pergunta, que eu que encontrei rápido na hora de vir porque eu já tava usando minha intuição e também do outro lado tem menos rua, mas isso das ruas acho que talvez meu pai deve saber que eu só vim dar um passeio e talvez tá dormindo bem tranquilo sem ser de cansado e tá pensando que pelo menos não precisou me levar pro passeio e foi bom que eu vim sozinho, mas se ele tiver um pouco triste eu talvez vou inventar um suco que mistura várias frutas, acho que ele vai gostar porque de suco ele gosta mesmo que de fruta ele não come tanto assim, e se eu tivesse dinheiro podia comprar um bolinho de chocolate, um bolinho de chocolate pra ele e uma coxinha pra mim, talvez eu posso perguntar se eu posso pagar depois e pego agora, aí eu anoto o nome é Padaria Maristela e aí eu aviso meu pai e ele vem de carro e pode pagar e se precisar pode pegar do dinheiro das moedas que eu tenho que eu acho que é bastante já porque tem 25 de reais e 33 de centavos e com certeza isso dá pra comprar bastante comida boa, mas eu queria guardar pra comprar alguma coisa mais legal então tomara que ele pague com o dinheiro dele na hora, vou anotar de cabeça o nome da padaria porque lápis eu num trouxe. Moça. Moça! *Fala, meu amor.* Posso só pegar um bolinho de chocolate e uma coxinha e depois eu pago, porque meu pai tem carro aí ele volta aqui e paga que eu tenho dinheiro guardado e ele traz se precisar. *Ô, meu querido, eu não posso, mesmo, senão eu te dava. As câmeras aqui. Eu perco o emprego.* Então pode ser só o bolo de chocolate sem a coxinha, pode ser? *Não posso. Não podia nem tá falando com você, meu bem.* Tá, brigado moça. acho que talvez eu posso pedir pra próxima pessoa que chegar, que ela num podia mesmo, esse carro acho que tá parando pra isso, talvez é um sinal pra que ele vai me ajudar, é bom quando acontece essas coisas que já fica totalmente alinhado de perfeito, mas esse cara parece mais pra bravo, posso pedir talvez pra próxima, ou pode ser a mulher, ela parece mais legal, acho que ela tá falando com o filho, será que eles vão deixar ele no carro, ele podia ser meu amigo também, se eles forem sozinhos talvez posso falar com ele, mas acho que ele não vai ter dinheiro, vou falar com ela mesmo. Moça. Moça. Tem como você comprar só um bolinho de chocolate pra mim? Que é pra eu levar pro meu pai, mas depois ele te paga porque eu tenho dinheiro totalmente só que não tá aqui. *Eu vou ver aqui se dá.* bom, acho que talvez então, é vou esperar, será que eles vão demorar muito, enquanto isso posso falar com o filho deles e ficar amigos, acho que o Miliguel ia achar que tudo bem por ele, e assim tem mais chance deles gostarem de mim porque sou amigo do filho deles e aí pode ser que eles comprem o bolinho pra eu levar, esqueci de falar da coxinha, vou bater na janela talvez aí ele ouve. Você consegue me ouvir? ele tá com medo com certeza, acho que ele acha que eu vou brigar com ele talvez num sei, mas eu devo parecer mais forte de muque que ele, ou de jeito que sabe ser bom de luta. Num precisa ficar com medo, menino. Eu sou Deus. Deusinho. Quer ser amigos enquanto seu pai e sua mãe tão lá? *Você vai me roubar? Meu pai já tá vindo!* Não, eu queria só ser amigos mesmo, que de roubar eu não gosto e nunca ia. acho que ele tá com medo mesmo, que ele é mais medroso do que eu e acho que mais que o Miliguel também. *Tá aqui, querido, seu bolo.* Brigado moça. Qual o seu telefone pra meu pai ligar e te devolver o dinheiro? acho pelo jeito ela não gosta muito de responder. Moça, acho que seu filho tá com medo de mim mas eu sou legal. Acho que ela não gosta de conversar mesmo ou ela é ruim de saber o que responder e ficou só pensando, e o pai também não é totalmente bravo mas ele é menos legal que ela com certeza pra mim, depois talvez eu vou saber algum jeito de achar eles pra pagar totalmente certinho, só precisava lembrar quanto foi mas depois meu pai pergunta, que agora é só voltar pra casa e fazer a surpresa total que ele vai gostar, e também com certeza adorar, porque eu vou chegar e já tô demorando e também acho que passou bastante da hora do almoço por isso que tô com fome, e bastante fome na verdade, por isso talvez eu posso só comer um pedacinho e depois arrumo pra parecer que tá novinho, não pra mentir mas pra ele gostar mais que eu não peguei nada, mesmo que ele ia oferecer bastante pra mim se eu tivesse aqui, não sei por que ele tinha tanto medo de eu sair, ainda mais que eu tenho a intuição que é a melhor, se ele soubesse como tô indo bem talvez ele ia até me deixar ficar um pouco mais, mas ele também não queria que eu atrasasse as aulas porque ela não ia querer, mesmo que acho que já lembro de cabeça, mas tenho que lembrar de revisar lembrando de memória mesmo pelo menos enquanto isso, é da história da queda, pensando assim as aulas acho que é disso sempre, de que todo mundo tem que fazer o Eu desaparecer, mas só que tem que ser sem chamar de Eu, nem de ego, nem de nada, e do jeito que faz pra desaparecer é o jeito principal em todas as religiões que é igual, que dá um problema que não dá pra resolver na hora aí você tem que ficar tentando, e tem que ficar tentando a vida inteira, que esse é o único jeito, mas dá pra ir resolvendo devagarinho mas mesmo assim nunca acaba de resolver totalmente, mas mesmo que não resolve totalmente acaba ajudando porque aí a pessoa vira totalmente só isso, tipo ela fica só resolvendo o problema e vira isso, isso que é meio sem pessoa, que nem como se ela não existisse, aí de tanto ficar resolvendo o problema ela fica que nem quando a pessoa nem pensa em mais nada dela e nessa hora é como se tivesse sem o Eu, só que sem chamar de Eu, então meio que é que nem a pessoa desaparecesse totalmente, mas também segue existindo normal, só que na verdade tá não existindo separado dos outros, e é mais isso que muda, porque ela fica sem ser separada dos outros e principalmente das coisas que são o mundo inteiro, acho que o caminho de voltar era pra lá mas não tenho totalmente certeza bem agora, vou andando mais um pouquinho e acho que já vou perceber se era pra lá mesmo, mesno, imagina se falasse mesno, so so me me, mesno mesno mesnonô, se não achar rápido pra onde é eu posso perguntar pra uma pessoa que parece que conhece bastante caminhos e talvez ela pode saber, mas aí eu podia perguntar onde que é a estrada que tem uma passarela, porque se chegar na passarela eu com certeza lembro, mesmo que não é pra falar com estranhos as pessoas que eu falei não eram estranhos, por isso que falei então tudo bem, não é que eu lembrei só agora que não pode, porque de esquecer acho que eu não esqueço nada, achei que essas pessoas eram estranhos só de diferente mas não de ruim, o velho da estrada era meio estranho sim, de feiticeiro, mas mais de num responder, ou porque precisava de ajuda, eu devia ter ajudado ele, porque Deusinho tem que ajudar, mas tudo bem porque agora que não ajudei talvez foi pra eu aprender e da próxima vou ajudar então com certeza, acho que agora é virando pra esse lado, talvez eu já vi essa árvore, lembra daquela de trás que ficava bem no começo da grama, mas porque que a gente arrancou eu num sei totalmente, mas eu lembro que ela falou que todo mundo tinha que ajudar e que era o certo e que precisava com certeza tirar essa árvore pela raiz, acho que esse dia foi o que eu mais cansei, mas também porque eu nunca tinha cavado, se fosse hoje eu já ia tá acostumado mais, mas nesse dia eu fiquei com medo também só um pouco, acho que eu não queria ajudar tanto, mas ela sabia melhor que precisava porque era o certo, mas de cavar eu não fiquei com medo, só cansado mesmo, de medo só um pouquinho eu ficava mais de noite por causa dos filmes de medo, mas mesmo quando eu não assistia às vezes dava medo, e teve aquele dia que eu ajudei ela a fazer as velas, eu era muito bom em fazer eu acho, porque ajudei e ela parecia que não falou nada que eu errei, mas não queria que ela tivesse que ir, acho que ela podia ficar até depois de eu crescer e fazer o discurso, mas ela sempre falava a verdade então acho que a gente vai se encontrar um dia com certeza, mas eu preciso estudar e saber o discurso totalmente, porque aí tudo vai dar certo e eu vou ser quem eu preciso e quem eu sou, ela sabia de todas as coisas certas, acho que ela já era como tipo se fosse Deus, só que sem ser Deus que nem eu, mas eu queria ver ela só mais um pouquinho, isso ia ajudar muito a voltar e estudar bastante e ficar bem preparado, mas ela falava que eu que tenho o controle então eu consigo se precisar, mas também ela falava que eu não preciso de tudo que eu preciso, então talvez eu só ainda não preciso totalmente encontrar ela agora bem agora, e também porque eu tenho o controle eu consigo não ter tanta fome de comer esse bolinho, mas talvez se eu controlar também não vou tá fazendo o que precisava de certo pro meu destino de Deusinho. Moço, você sabe onde que é a estrada que tem aquela passarela? *Oi querido, qual o seu nome?* Eu sou Deus, mas pode me chamar de Deusinho porque eu ainda sou pequeno. *É Deus, é?* Sim, muito prazer moço, e você qual é de nome o seu? *Meu nome é Salazar.* ele parece o papai um pouco, Salazar é que nem na bíblia, acho que ele tá chorando talvez. Não precisa ficar triste moço tá tudo bem. Quer um pedacinho de bolo? É de chocolate. É de presente pro meu pai mas você pode comer um pouquinho se você gostar de chocolate. *Não é nada, não. Me perdoa.* Tudo bem eu te desculpo eu sou bom de desculpar. Salazar, se tudo bem por você eu já vou andando então mas fica bem tá bom? *Deixa, deixa eu só te falar. Como é que eu posso dizer. Deixa eu só falar. É que dava pra eu ter segurado o Marco. Quando ele caiu. É. Fui eu que esqueci de amarrar a maldita da corda. Ele tinha que lembrar também, mas era eu que lembrava ele sempre. Então era eu que tinha que ter lembrado, que ele já contava com isso. Que eu falava sempre "A corda, seu doido!". A Carmem agora, toda sozinha. E eu sei que a gente se gosta, mas eu não ia fazer isso com Marquinho, não gosto nem de pensar. Mas penso. Mas é só pensamento. Você sabe quanto a gente era irmão, não sabe? E nunca que eu ia deixar a minha Mariana. Ela é a melhor coisa. Minha melhor coisa, você sabe. Mas eu fico assim pensando, não tem jeito. Fico pensando que no fundo eu quis esquecer. Quis esquecer de amarrar. Que no fundo eu não agarrei ele por isso. Teve um segundo. Teve um segundo que dava. Dava pra eu segurar ele, não dava? Foi pela minha mão que ele morreu. Foi pelo meu desejo, não foi? Por querer a Carmem. Por que que eu sou tão sujo? Tão sujo. E a Mariana sabe. No fundo ela sabe, não sabe? Por que que ela não me larga? Eu queria que ela me largasse, me deixasse sozinho, levasse os menino. Tirasse o meu Well, não deixasse eu ver o Lissinho. Que era isso que eu merecia. Eu merecia era sofrer. Mas não quero tomar teu tempo. Eu vou. Eu vou indo. Mas se você é alguma coisa, faz alguma coisa, por favor. Senão esquece, garoto. Mas se você é, então me perdoa ou me estripa. Mas já tô indo. Pode seguir por lá, é pra lá a passarela. Mas não se esquece de mim não, se você. Não esquece, favor.* Tá bom, moço, qualquer coisa também pode me chamar que dá pra me ver ainda por um tempo que eu tô andando e só vou ficar pequenininho. Mas fala pros seus amigos pra fazer alguma brincadeira legal vocês, eu tenho um amigo que é o Miliguel e acho que se eu ficasse triste ele ia fazer uma brincadeira legal e ia ser bem legal nessa hora. acho que é melhor eu ir indo mesmo e lembrar dele com certeza, com certeza eu vou ajudar ele e acho que com certeza entendi tudo, mas meu pai pode tá triste também, então melhor eu não esquecer do Salazar mas ir pensando como ajudar sem ficar parado esperando, que acho que meu pai fala menos mas também pode ser que é melhor eu ir logo, o Salazar parecia meio bravo mas depois num parecia nenhum pouco mais, nossa se ele continuasse bravo acho que eu ia ter medo, mesmo que minha intuição ia falar o que fazer, e eu acho que ninguém resiste a um bolinho, então se ele tivesse bravo acho que eu ia dar o bolo inteiro pra ele, acho que ele não quis porque ele viu que era pro meu pai, talvez eu não devia ter falado que era pro meu pai, porque aí ficou parecendo que eu não queria dar, talvez eu posso voltar e oferecer obrigatório, mas melhor agora não porque senão ele pode começar a falar mais e eu já entendi tudo e já tô pensando como ajudar ele então não precisa, acho que de vontade de chorar várias pessoas ficam mais quando quer falar muitas coisas, meu pai talvez também, mas também será que é vontade porque eu que faço? talvez é do meu jeito, mas se for eu que faço, também acho que posso fazer parar de dar vontade neles, tenho que aprender, mas mesmo se for eu que faço acho que se eu ficar longe ele também vai continuar triste porque ele vai ficar muito sozinho, acho que ele também não gosta de ficar sozinho que nem eu não gosto, acho que ele tem saudades também dela bastante, tenho que lembrar se antes dela ir ele já ficava muito triste, mas num consigo muito lembrar agora, ou se também ele ficou mais sozinho depois, ah isso ficou com certeza totalmente que eu já sei, mas não devia ficar triste porque tem eu que é ótimo, acho que agora é pra lá, tô até com um pouco de saudades das aulas, porque eu também quero aprender rápido pra falar logo com todo mundo, porque que o tempo demora e não é rápido? que poderia ser tudo de uma vez, sendo Deusinho eu posso pensar um jeito do tempo ser rápido mas aí talvez vai ser rápido só pra mim, e precisava ser rápido pra todo mundo, mas também tudo ia ser rápido e talvez depois eu ia ficar com saudades e as pessoas também, porque tem várias coisas legais que as pessoas tão fazendo que acho que aí elas não iam querer tirar férias, principalmente se tá brincando com amigos e principalmente melhores amigos, e também jantar com a mãe e com o pai e também assistir filme de tiro que termina tudo bem, mas melhor filme sem tiro que ninguém se machuca, mas nunca vi filme que ninguém se machuca, só que o que não é de tiro todo mundo fica triste então melhor de tiro ou de luta, luta é melhor que pode brigar mas não mata, acho que já tô com saudades do meu pai, mas só um pouco e eu aguento, e dela sempre acho bastante, mas eu aguento e aguento totalmente que é o certo, nossa que bom que eu tô descobrindo tudo o que é o certo, isso é muito bom de ser Deus, talvez a melhor coisa de ser eu é ser eu, mas talvez também podia ter outra lista, mas acho que cansei de fazer lista por hoje, ela também teve que ir mais por minha causa, porque senão se eu não fosse Deusinho ela não ia ter os sonhos e não ia prever as coisas que tem que fazer e não ia ter que ir embora principalmente da coisa do bode que eu acho a pior, e isso acho que eu acho a pior coisa e sempre vou achar, talvez eu não concordo com ela nisso, e talvez por não concordar eu sou burro, ou talvez só nisso eu sei mais que ela e acho que ela tava errada, e as pessoas da igreja acho que eles também eram bem chatos de falar disso do bode porque isso foi o que mais fez ela concordar de ir, eu acho que se eu fosse mais velho ia ser contra todos eles, mas talvez não todos porque tinha uns que acho que eram amigos e também talvez tinha uns que achavam que tava certo isso, mas acho que eu ia ser contra quase todos ou pelo menos os bem ruins, mas agora que já sou mais velho que criança mas ainda sou criança vou ter que esperar um pouquinho, mas aí quando falar tudo vou falar também que eles erraram, mesmo que seja na frente de todo mundo, ou mostrar que tudo é certo mas esse é o pior certo que tem, acho que tá meio escuro bastante já e acho que tô com um pouco de medo mas só um pouquinho, porque mesmo escuro eu que sou a luz tudo bem, mas bem que podia iluminar assim com mão de lanterna, mas acho que sou a luz de outro jeito, vou seguir vou seguir sempre em frente vou seguir, acho que falando assim fica mais total, Capitão Comandante ia gostar que eu sempre falasse assim, Capitão Cebolante, isso ele não ia gostar mas é engraçado igual filme de comédia que fica todo mundo triste mas não fala ninguém, então melhor não falar piada nunca eu pelo menos, só se for muito boa e muito das melhores aí tudo bem porque senão é que nem não nascer, se eu não achar o caminho logo talvez eu vou pensar em um plano perfeito pra do que fazer a noite, ou vou encontrar um esconderijo bom pra eu dormir mas mesmo assim ficar meio acordado pra tomar cuidado, até que eu gosto bastante da minha cama pensando bem, minha caminha, e também até que eu gosto bastante que ele fala boa noite e ele fala que eu e ela e ele a gente se encontra no sonho, mesmo que eu quase nunca consigo sonhar perfeito, mas talvez eu consigo e só não lembro, talvez por isso que ele dorme bastante que aí não fica sem ela e também nunca fica sozinho que no sonho fica todo mundo junto, acho que sonho é a melhor coisa depois de ficar acordado, mas ela eu não encontro muito normalmente, talvez se eu pensar bastante talvez eu consigo, teve daquela vez que o papai falou que tem índio que acha que o sonho é que nem a realidade só que outra, tipo como se fosse a vida normal e também como se a vida normal minha fosse a gente sonhando, acho que é legal de pensar assim também e que bom que o sonho é mais mole, bem mais molinho de mexer, aí dá pra mudar as coisas da vida normal mais, aí se pensar que a vida normal é que nem dormindo aí dá pra mudar bastante coisas, e acho que é totalmente, vou só sentar um pouquinho mas talvez vou comer só esse pedaço pequeno do bolo, mas bem pitico igual ele fala, e amanhã eu reponho, nossa, de bolos acho que esse é o melhor sem ser os da minha mãe e do meu pai é o melhor que eu já comi, acho que depois vou buscar mais um se eu lembrar o caminho, mas talvez outro dia porque acho que agora a padaria tá longe mas era Padaria Maristela, de lembrar nome de padaria eu lembro totalmente, nisso eu sou bom, será que aqui tudo bem de dormir? acho que eu tô com um pouquinho mais de medo do que pouco, mas talvez já vai passar porque agora que tá escuro já aí dá mais medo mesmo, mas não vai ter nada porque é igual quando tava claro, e sempre o escuro é igual quando tava claro só que de outra cor, talvez melhor ir atrás daquela árvore porque parece que nem da árvore que tem perto da janela do papai, e aí é só eu pensar que tá em casa e tá de dia e assim vai ser bem fácil, e vou deixar meu bolo bem aqui, pra não chegar nenhum bicho, mesmo que acho que não vem bicho agora porque tá sem nenhum e eu não tenho tanto medo de bicho, mas é que eu não queria que eles comessem porque talvez dá doença se eu comer depois, não sei que doenças eles dá porque depende do bicho, mas se eu estudar isso com certeza vou saber isso é fácil, aí talvez também eu posso avisar as pessoas de qual bicho que dá as doenças e se tiver outra pessoa que precisa esconder um bolinho ou dormir e deixar a comida escondida aí a pessoa pode dormir tranquila porque eu já vou ter ensinado, então não vou esquecer disso e amanhã vou lembrar de falar pro meu pai, e acho que de ser cientista também posso então, e até que ficou bem confortável essa terrinha é como se eu tivesse acampando, vou imaginar que tô acampando e meu pai tá bem perto porque eu tô no quintal como se fosse e o quarto dele bem perto, mesmo que eu consigo ficar sozinho e bem longe porque eu tô, tô, toninhas, cebolinhas, vou dormir, pra ficar quietinho, pra ficar quietinho e crescer, gostei menos dessa nova música, vou ter que pensar bastante ela até ficar bem boa e pensar se precisa mudar um pouco ou pode ser assim mesmo.

 Essa campainha do barco toca que nem passarinho e o papai não atende. *Vento a estibordo, filho, grandes ventos. Já vou atender a campainha.* Deixa que eu vou então porque eles vão entrar no barco se eu não abrir, mas não tô achando a porta acho que o barco tá encalhado pai, esses barulhos é de peixes? Peixe grita, pai? nossa minha cara tá com tudo de terra, ainda bem que não foi no olho, eu sou muito bom de tomar cuidado mesmo quando tá dormindo, desses caras que buzinam eu acho que não precisa muito, mas deve precisar talvez, só que podia ser só mais tarde depois de todo mundo já ter levantado, porque acho que buzina é que nem o carro falando alô alô, mas aí é que tivesse gritando, até que tá bem sol hoje, é o dia que vai tomara ser perfeito, e com certeza porque quando tá sol assim bem de manhã é que vai ter bastante sol, se eu tivesse como falar com meu pai já ia avisar que tô chegando, 492, como que era eu num lembro o resto, 492 23 bricoloco, 492 000 mil, 492 cecebô cecelás, gosto de lembrar inventando, alô pai tô chegando, ia falar assim se conseguisse lembrar, mas consegui lembrar 492 que é já bastante porque é três números mas também é quatrocentos e também é noventa e dois então é um monte de números, mas acho que melhor ia ser pedir pra ele vir me buscar, porque acho que não sei mais totalmente o caminho assim de cabeça, tomara que o Zé Ferrério não fale com a Bia Lobato hoje porque aí dá pra ela esperar eu, e acho que ia ser melhor pra ela também porque mesmo que eu não conheço ele acho que ele não é muito legal, mesmo que ele é muito rápido de correr, mas acho que também sou talvez mais rápido que ele, tenho que me preparar pra apostar uma corrida ultraperfeita e ganhar na frente de todo mundo, tinha que ter um jeito de eu falar com ela pra ela me esperar porque acho que depois ia ser muito bom pra ela da gente namorar, mesmo que o Miliguel falou que ela gosta do Carlos Taia, acho que o Zé Ferrério é mais de gostar que o Carlos Taia porque ele é mais rápido, mas acho que eu sou mais legal também de gostar do que do Zé Ferrério, meu bolinho sem bicho que sorte que ficou sem nenhum, acho que é um pouco de sorte mas também bastante porque escolhi um lugar muito bom pra guardar, acho que mesmo faltando esse pedaço vou assim pra casa e eu falo pro meu pai que o meu pedaço eu já comi e ele fica com todo o resto que não é tudo mas ainda é bastante acho e talvez eu podia pegar uma carona que ia ser mais rápido de chegar, mas também se a pessoa for pra muito longe e errar o caminho é mais difícil de voltar, acho que vou perguntar pra esses táxis que eles devem conhecer muito caminho. Moço, você sabe onde que é minha casa? *Não sei não. Mas vamos pensar junto. Você tá com seu papai ou com a mamãe aí?* Ele tá em casa. Eu tô levando esse bolinho pra ele. É que ele gosta bastante de chocolate. Mas ele também gosta de outras coisas. Talvez não é totalmente o preferido dele, mas eu gosto bastante e acho que ele também vai gostar. *E você lembra o nome da rua que você mora?* Acho que da rua não tem nome. É só rua normal mesmo, que tem dessas, só que não tem asfalto e só tem asfalto depois mais longe. *Entendi. E é aqui perto ou longe? Como é que você veio pra cá?* Eu vim pra cá porque antes eu tava na padaria, porque eu saí do colégio que eu tava com meus amigos lá e aí depois eu num sabia totalmente como voltar pra casa, porque eu fui no colégio porque eu só queria sair um pouquinho pra ver meus amigos que eu ainda não conhecia. Mas agora eu conheço. E o Miliguel é o meu melhor amigo por enquanto. Aí eu saí de casa e vim andando aí eu cheguei no colégio. Mas agora não tô achando totalmente pelo caminho que eu vim, mesmo que eu sou bom de achar vários caminhos às vezes quando precisa, só dessa vez que não. *Você sabe onde que é seu colégio, pra gente voltar lá?* Sei que era pra aquele lado, mas eu só fui uma vez então não sei totalmente. *Pera só um segundinho. Tocando aqui. Alô, Dona Kátia? Pode deixar. Não, não. Sim, pode deixar. Tá certo. Dois minutinhos. Tchau, tchau. Olha, querido. Me chamaram. Não posso te ajudar agora. Tenta voltar pro seu colégio que lá com certeza vão te ajudar. Deve ser pertinho. Desculpa mesmo.* talvez eu posso ir com ele e depois ele me leva, mas eu num tenho dinheiro pra pagar o táxi e acho que talvez ele vai achar que meu pai não vai pagar, igual da outra mulher que achou na padaria, mesmo que meu pai ia pagar com certeza, mas talvez se eu for com ele é ruim as pessoas vão pensar que eu sou filho dele e acho que também não vão saber que eu sou Deusinho, mas também não contei pra ele porque ele podia ficar triste igual o Salazar, que também não posso esquecer de lembrar, agora ele já tá indo também já não dá mais pra pedir carona, queria lembrar totalmente das coisas das aulas devia ter alguma coisa de como achar o caminho dentro das coisas das aulas, porque é meio que infinitas por dentro pelo que eu entendi, mas até que tá bem bonito aqui e o sol também principalmente, eu gosto que a luz fica que nem cortando, vou então aproveitar um pouco pra conhecer e olhar bastante as coisas mais por aqui, os carros também achei legal e principalmente os caminhões, menos o que matou o Comandante, mas os carros é como se fosse meio que animais bem liso e bravo, que talvez é ruim mas até que é bem bonito mesmo, e também enquanto isso posso já testar como de falar o discurso só pra uma pessoa na rua sem falar totalmente só pra testar se já ia dar certo, mas tem que ser uma pessoa que parece legal e que não tem que trabalhar porque se tiver que ir embora aí só vou poder falar pouco, e na verdade acho que vai demorar mais que um pouco, mas a maioria acho que tá trabalhando das pessoas e num tem ninguém não fazendo nada, só eu que tô mais assim, mas também tô andando e pensando, que é bastante, e me preparando e seguindo minha intuição então tô trabalhando bastante, e também já que eu penso bastante então tô fazendo mais coisa do que várias pessoas que não tão pensando nada, mas não sei se dá totalmente pra ficar sem pensar igual meu pai falou da mosca, a mosca não pensa, a mosca é, mas tipo o que que ela é? eu também sou, mas eu fico pensando quase sempre, isso sim na verdade eu admito, pra ser inteligente a mosca é inteligente sem pensar, o saco de plástico é o pensamento, a mosca é a atenção, era assim só não sei se totalmente total, acho que agora só vou pensar que nem mosca, só andando como se fosse que tivesse voando, só que eu só vou indo até encontrar tudo certinho, igual que eu faço de usar minha intuição, mas do jeito de mosca, acho que ali é a estrada, acho que é, voar na máxima velocidade acelerando, seguir acelerando sem cansar, sem cansar nunca, batendo as asas pra voar sem ter que sair alto, voar mais só na velocidade, ultrapassar esse moço, funcionou, ultrapassar a árvore, funcionou também, ultrapassar agora o poste na velocidade mais rápida, ultrapassar a placa antes do menino da bicicleta, ultrapassar a loja, acho que é de roupa de mãe e de mulher, ultrapassar, eu acho que é, sim, é a estrada, eu tava certo, nossa que bom, até que eu achei muito bem, voo de mosca é bom de acionar quando precisa, mas mesmo que eu fui mais da minha intuição então eu fui mais Deus do que mosca, mas Deus Mosca é um Deus bom também porque é bem melhor de entrar disfarçado e ficar enchendo as pessoas pra ver se elas ficam bravas, ou se aguentam num ficar bravas nem um pouquinho mesmo Deus Mosca ficando bem no ouvido, agora é só andar até a passarela, até que tá perto também ainda bem e quando tiver nela vou olhar pra ver se o Capitão Comandante dá pra ver, mas acho que não, que quebrou totalmente com certeza quase, talvez eu posso atravessar aqui antes de chegar na passarela mesmo, só que melhor não porque não tem sinal então é perigoso, mas de ser Deusinho se eu quiser eu consigo, que nem do Crazy Frog, mas num sei se quero testar agora, mas sei que ia conseguir, também que na verdade eu não tenho totalmente ainda tudo que eu vou ter, mas bastante sim, então vou só entrar na pista um pouquinho e sair, agora que não tá vindo carro, nossa dá pra sentir o asfalto, que tá muito quente mesmo com tênis, mas aquele carro tá vindo rápido melhor eu sair, ele acho que é o carro mais rápido que eu já vi, mas só que de ao vivo, porque na tv eu já vi da corrida e da corrida eles são bem mais rápidos, não sei se ele me viu, mas qualquer coisa eu ia desviar, mas na passarela é melhor mesmo atravessar por lá, e dá pra ver tudo de cima como se eu tivesse que nem um capitão, só que não que nem o Capitão Comandante, que nem um capitão de navio, o Capitão Comandante já afundou, marujos! vou correr acho, nossa até que eu chego rápido mesmo, mesmo sem a corrida de mosca, sim o capitão afundou mesmo marujos! não conseguimos mais ver ele, agora somente os peixes estão passando, vejam essa baleia, como ela faz o som impressionante, é o som do grito dela avisando todo o mar que ela vai passar, acho que quando eu chegar depois vou pedir pra ir na praia, acho que ele não vai aceitar ainda, mas se ele ver que eu quero bastante talvez vai aceitar, ou eu posso pedir pra ir sozinho se ele me ensinar o caminho, mesmo que é longe agora eu já sei andar fora de casa, mesmo que eu demorei um pouco pra achar o caminho de volta foi legal, e eu já tô achando normal agora e agora tô bem perto, e também de novo eu só fiquei com um pouco de medo e pra minha idade isso é bem pouco, eu acho que essa passarela é a única que eu já andei, mesmo que eu já vi outras e já vi bastante na TV, que nem no jornal que fica falando do trânsito e sempre tem uma atrás, veja alô alô sem trânsito por aqui, é com você Jorginho, não é muito novinha essa passarela, mas acho que se limpasse um pouco mais ia ficar bem bonita, acho que passarela dessa cor é a mais bonita, porque verde é bem mais bonito que outras cores, mas as outras cores também são bem bonitas, e às vezes são mais bonitas que verde, só que verde é mais bonita mesmo, talvez essa é minha passarela preferida, vou depois perguntar pro Miliguel e pra Bia qual é a passarela que eles mais gostam, acho que o Miliguel e ela vão gostar dessa também porque eu vou falar pra eles que é a mais bonita, eu podia chamar só a Bia aqui um dia de surpresa e perguntar se ela quer namorar comigo aqui, acho que aqui de cima fica como se fosse um lugar alto e bonito, não é montanha mas mesmo assim é bonito e é mais diferente de outros lugares, lá em casa também é talvez até mais bonito de todos, mas aí queria perguntar pra ela sem tá meu pai perto, e agora lembrei que ele num quer que eu namore ainda, então eu posso ser só amigo da Bia também, e a gente pode ser melhor amigo junto com o Miliguel, e eu e ela a gente fica melhor amigos até ficar quase adulto, aí na hora depois de fazer o discurso bem na hora já pode logo depois, aí eu pergunto pra Bia se ela quer namorar comigo, acho que ela vai querer totalmente, porque a gente já vai ser muito amigos e já vai ter feito muitas coisas junto, acho que eu quero ir pra praia com ela também, porque eu ia gostar de acampar igual que a mamãe gostava, mas sem as coisas da igreja que não quero nunca que a Bia goste mesmo que a mamãe gostava, e mesmo que a mamãe antes não gostava e depois ela também não gostava tanto eu acho no fundo, que acho que ela ia mais só porque não sabia outro jeito, porque na coisa dos sonhos ela não sabia de outro jeito de saber o que fazer, e só das pessoas da igreja que sabiam tudo que significa e também falavam pra ela tudo, mas mesmo assim acho que ia ser mais legal se não precisasse ficar indo tanto com eles fazer as rezas e também só eles falando o que era o certo, porque ela que sabia bem mais, mas acho que vou pensar em outra coisa que é mais legal porque disso da mamãe eu ainda não sei ainda como que é o jeito certo de pensar, o portão tá fechado normal acho que eu deixei fechado então talvez ele nem saiu também, vou abrir bem devagarinho pra não acordar ele se ele tiver dormindo, mas acho que depois vou acordar ele pra dar o bolo, que bom que deu pra trazer, que se não desse acho que é ruim não trazer um presente pra ele porque ele várias vezes me deu presente, mesmo que faz tempo que não ganho, acho que ia querer de presente a viagem mesmo pra praia, que eu acho que ia ser muito quase perfeita que só ia faltar ela, mas tudo bem se não for por enquanto, e também podia ser o Power Ranger verde, que ia ser mais legal do que o vermelho do Miliguel.

Enchei a terra e submetei-a. Dominai sobre os peixes do mar, sobre as aves dos céus e sobre todos os animais que se arrastam sobre a terra. Você viu, filho? O Eu Atuante. Lembra? É você. É aquele que toma as decisões. Nas suas mãos o seu destino. Mesmo como o acaso na boca de um lobo. É isso que as religiões falam. Não dá pra fugir, seu tempo na terra é seu. E tudo que você faz toca, encosta sabe, altera tudo pra todos nós. E tudo o que eu faço também toca todos, filho. Mas eu não sou como você. Se uma bandeja se equilibra nas tuas costas e você se dobra, tudo bem. Mas se você tenta tirar a bandeja das suas costas, tudo o que tá nela cai. Mas eu fui embora mas eu voltei porque eu só queria sair um pouquinho então não caiu tudo da minha bandeja com certeza né, pai? *Sou eu quem sabe isso? Me conta, filho, sou eu mesmo quem sabe?* Você tá falando diferente, pai. Mas esse jeito também é legal. Só que é diferente e num dá pra entender totalmente de primeira. Mas acho que eu tô entendendo sim, porque eu sou bem ótimo disso de entender suas aulas. E sei como era da outra vez, mesmo que dessa vez tem coisa nova. *Se você quis ir embora, a ação pertence a ti, mas lembra da poça d'água. Você não sente as ondas? Quem sou eu pra negar o teu caminho, meu amor? Mas você é tão pequeno. Sua mãe ia saber. Ela ia saber se é a hora. Será que é cedo? Eu estou tentando manter minha cabeça baixa meu filho. Eu sou menor. Não posso te dar ordens.* Não, pai. Você também é muito bom e importante, senão eu não ia saber das aulas e não ia saber já muitas coisas e a maioria. E brigado por não ficar bravo comigo. Mas você tá bravo talvez um pouco, né? Pai, eu queria muito ir na praia, se der. Não precisa ser agora, mas depois eu ia gostar. Mas eu espero tudo bem se precisar, mas e se eu esperar e não fizer nada errado eu não deixo cair nada da minha bandeja das costas, né? E eu sei que você já falou mas só não entendi totalmente. Entendi só quase totalmente. *Krishna diz assim, meu filho, "Engana-se quem pensa que esquivando-se das ações e persistindo na inatividade, escapa dos resultados da ação". Arjuna era da casta dos guerreiros, filho. Se o seu irmão vinha à cavalo com a espada levantada, como é que Arjuna poderia não levantar sua lâmina? O futuro deveria pertencer aos injustos? Sim, Jesus sussurraria outras coisas no ouvido do guerreiro, porque Jesus não é Krishna, mas Deus é Deus. Não é, filho? Quantos rostos você têm, meu bebê? Você é meu bebê, sabia, filho? Mas você tem seu caminho. Você tem seus rostos. Ela ia saber, não ia querido? Ela ia falar a coisa certa agora. A coisa perfeita, não ia, filho? Você não acha?*

quantos dias tá passando desde que eu voltei? acho que não dá pra saber totalmente, se eu tipo entendesse totalmente disso acho que eu ia tá pronto pro discurso, porque ia ser como saber o tempo por dentro, mas acho que mesmo Deus às vezes não tá totalmente pronto, acho que é normal talvez isso pra mim então, acho que as aulas a maioria tá mais estranha e diferente mas tá legal também. Pai, quando tem mais do que um caminho que pode ser, como que faz pra escolher? *A mosca pensa ou a mosca vai atrás do que precisa?* Mas se todo mundo for atrás do que precisa também não ia ficar sem jantar e sem tipo motorista e essas coisas? *Mas o corpo da mosca pensa com toda a natureza, meu filho, não como uma parte. Em um teatro pegando fogo, muita gente pode ser pisoteada. Mas no que pensa o teatro enquanto todo mundo corre?* Acho que eu também não sei ainda, pai. *No que pensa a última peça do quebra cabeça antes preencher a falta e desaparecer?* Hum, boa pai, acho que vou saber já já, porque tô bem pensando sobre isso, mesmo que não com essas palavras totalmente. acho que totalmente só eu vou poder saber e vou ser o único, mas queria saber quanto tempo falta pra isso, mas talvez tenho que ficar bem quietinho, só estudando e prestando atenção aí talvez vai chegar a hora que eu vou entender tudo mais rápido, acho que no discurso vai ter muita gente, mais que milhões de pessoas ou mil milhões, que nem o número infinitário, e todas as pessoas que não tiverem na hora vão ver pela TV, mas acho que é bom deixar gravado porque pode ter gente que tá dormindo na hora, tipo as pessoas do Japão, será que se só uma pessoa não ouvir, ela depois que eu terminar vai ser como se fosse o diabo? porque aí todo mundo já vai saber o certo e só ela não vai saber e aí vai ser como se ela fosse muito errada e a pior, e as pessoas podem querer contar pra ela, mas acho que as pessoas não vão conseguir repetir tudo igual eu, mesmo que elas vão entender e vão ser melhores do que antes de saber do discurso e ouvir inteiro, que nem do meu pai que sabe ensinar bem, mas ele não consegue fazer o discurso porque senão ele já tinha feito mas ele não é eu então não tem jeito de conseguir perfeito, podia ser um discurso que depois que eu falar a primeira vez fica tocando sempre na rádio, mas acho que aí vai fazer falta uma musiquinha, ce ce ce bolás, é, depois do discurso minha profissão preferida acho que é ser cantor mesmo, acho que minhas músicas são muito boas e a maioria vai gostar, que sorte, mas isso ainda não tem como saber totalmente, mas acho que vai ser legal tentar essa profissão e com certeza conseguir, o ruim é que nessa hora todo mundo já vai saber que eu sou o Deusinho e aí talvez eles vão gostar das minhas músicas por isso de eu ser Deus, mas aí tomara que não seja por isso, então eu tinha que ser um cantor que não mostra a cara nunca, o ruim é que eu acho meio de medo usar máscara, às vezes eu não quero totalmente fazer o discurso, mas na maioria das vezes eu quero sempre.

Pai, do outro dia você tava falando que não tem como a gente não encostar nas coisas e em tudo, então tudo conta que a gente faz, mesmo cada coisinha, mas eu também penso que tem umas coisas que talvez não muda nada, você num acha? Mas eu não acho totalmente, só acho um pouco isso, que nem quando você pensa uma coisa mas acaba fazendo na hora outra coisa que não tinha pensado antes. Tipo dessas vezes aí é como se não contasse de encostar nos outros o pensamento. *Filho, quando um relógio funciona bem todo o mundo sente prazer. Os dentes das engrenagens se abraçam como irmãos e se encaixam como quem ama há dez mil anos. Mas no final de todo segundo, de todo minuto, as engrenagens voltam a se separar. E no meio desse minuto, desse segundo, dessa hora, as engrenagens ficam mais distantes do que nunca. Opostas. Separadas como se nunca pudessem fazer sentido juntas. Mas depois elas voltam a se unir. Quantas vezes nós já revimos as aulas? Eu começo a perder a conta meu filho. Mas ora tudo se encaixa, ora há que esperar. Tua mãe, querido, tua mãe, acertava e continua acertando. Não é isso um sinal da boca de Deus?* acho que isso ele nunca tinha falado, mas também num sei se isso quer dizer que ela também era Deus, porque acho que só eu sou, mas se tem alguém mais que podia ser ia ser ela com certeza, mesmo que ela não era, mas mesmo se ela fosse num faz eu ser o menos importante porque eu que tenho que fazer o discurso, então com certeza sou bem importante, não que eu preciso ser totalmente, mas até que é legal e bem legal ser o mais importante de todos, e acho que também tem bastante coisa legal de ser normal que nem tipo o Miliguel, mas na maioria não é tão legal quanto ser eu, mesmo que ele acho que é meu melhor amigo sem contar a lista dos pais, então é bem importante se comparar com das pessoas que eu não conheço. *A balança natural, filho. Essa é a resposta para tua pergunta hoje. Tudo pesa porque tudo recai sobre a balança. A balança soma e soma e soma. Cada passo, cada ação, cada pensamento. Não é isso que os profetas nos dizem? Não é esse o Juízo? Não é esse o Karma, meu filho? Como não ser um Eu Atuante, como não afetar o mundo se estamos todos na grande balança? Você sente o círculo de prata à sua volta? Você sente as manivelas de Samsara nas suas mãos? Vê que para que o Sol brilhe a gente precisa da prata que reflete e cega nossos olhos? Eles falam, eles repetem: E na realidade, nem há coisas que se possam designar pela palavra inatividade; pois tudo, no universo, está em atividade constante, e nada pode subtrair-se à lei geral. Como se escreve a lei geral, filho? Como se faz para apagar as letras miúdas que esconderam na gente?*

acho que talvez tinha que ter um jeito de eu sair e continuar aprendendo bastante, porque ficar em casa totalmente todo dia é meio ruim e talvez muito, se eu conseguisse sair de carro pra voltar ia ser mais rápido, ou eu podia sair com o mapa que o papai tem, que é do Brasil inteiro, aí dá pra ver todo o país e qualquer coisa dá pra voltar logo quando for na hora que precisar, e dá pra voltar mesmo se for a pé, não sei como eu não levei o mapa da outra vez, acho que se eu tivesse nascido nas épocas antigas eu ia ser capitão de navio, ia chamar talvez Navio do Deusinho, não, já sei, Deusinho Marinho, ou talvez ia só chamar navio pirata, mas ia ser um navio pirata que é do bem, e a bandeira talvez em vez de ter uma caveira ia ter um cachorro, e ia ser igual meu cachorro de verdade que eu ia ter, que ia ter cara de bravo só pra quem era contra a gente, e ele ia ajudar nas viagens e o Miliguel ia ajudar bastante também e às vezes ia ter que lutar contra chuva muito forte mas eu ia aguentar, que eu já vi muitas coisas de tempestade e já assisti bastante chuva aqui também então eu sei como que funciona, o ruim é que naquela época ia ser ruim de fazer o discurso mas eu ia pensar um jeito bom, talvez ia ter que colocar o discurso em muitas um milhão de garrafas e jogar no mar, ou se tivesse com menos pressa eu ia com o barco e o Miliguel e a Bia Lobato e a gente ia parando de barco mesmo em todas as cidades aí eu fazia o discurso e ia pra próxima cidade, e o bom é que acho que eu gosto bastante de caça ao tesouro e pirata são os melhores de achar, mas se fosse hoje acho que se tivesse tesouro ia ser talvez encontrar em vez de muito ouro ia ser muito dinheiro normal, mas também tem caça ao tesouro que não é de coisas de dinheiro e se fosse dessas ia ser de encontrar onde que a mamãe tava e ela ia tá escondida em uma caverna só pra ajudar uns bichinhos que ela gosta muito ou talvez só pra descansar, mas com certeza ela ia ter ajudado urso, cavalo, cachorro, talvez cinco gatos, e talvez ia ter também morcego que caverna tem bastante, e os morcegos iam ser que nem como se fosse amigos que eles avisam se tá vindo alguém no escuro, e eles não iam gostar de sangue de gente e nem de animal, iam gostar mais só de maçã e banana, e ia também ter um macaquinho que ia ser que nem daquele macaco-aranha que eu vi do Fantástico e ele ia chamar Carlinhos o Macaco, e ele ia ser quem que vai buscar banana pra eles e também maçã pra todo mundo, como ela não gostava de carne ia ser perfeito pra ela, e esses animais ela ia ter precisado levar pra lá só pra salvar eles, porque ia ter um dono deles que ia ser dono do cavalo, do gato e dos cachorros, só que ia ser um dono que às vezes parece legal mas quando ninguém tá olhando ele batia neles e eles nenhum aguentava mais nenhum pouco, e minha mãe ela ia ter percebido e ia ter passado lá e salvado eles, e os outros, o macaco Carlinhos, o urso e os morcegos iam ser só amigos da selva que ajudam bastante, e encontrar o tesouro ia ser então encontrar a mamãe e talvez eles iam voltar junto com ela todos e viver com a gente, mas ou talvez a gente ia construir outra casa, uma casa que fica bem pertinho do colégio e todo mundo ia saber que eu tenho esses animais, que não iam ser meus de dono, mas iam ser meus mais de amigo e como se fosse dono que é mais fácil pra explicar, mas no fundo ia ser só de amigo mesmo, porque ela e eles iam poder ir embora, mas não iam querer e nunca iam ir, mas ou talvez eu sei que talvez ela também pode ser que queria que eu prestasse mais atenção nas aulas aí era melhor eu ficar sozinho, só que eu não prefiro ficar sozinho, eu prefiro mais ficar com ela, e acho que ele também não gosta de ficar sozinho que nem eu não gosto, porque ele ficou mais triste de todos quando ela foi embora e ficou com vontade de dormir bastante e ficou com muito sono todo dia, e ele também ficou com vontade de quase nunca cozinhar só às vezes, mas das aulas ele ficou talvez melhor, só que ele também ficou diferente, acho que ele sempre ficou diferente e ele sempre fica de um jeito que não é como era antes, como se fosse que ele consegue ser o professor camaleão, porque às vezes é totalmente como que eu sabia tudo e às vezes é totalmente como que eu não sabia nada e tenho que ouvir bem tim-tim por tim-tim, isso de tim-tim por tim-tim parece de brinde como se ouvir tudo prestando atenção fosse que nem ficar brindando e prestando atenção no som assim bem de pertinho, pensando bem eu gosto muito do som de brinde, porque é bem fininho e faz assim bem bem fininho como se fosse uma pessoa que só dá pra saber que ela é bem magrinha mas ao mesmo tempo é forte, só não dá pra ver que ela é forte porque ela é de tão pequena que é menor que formiga e menor que células e bactéria, mas é mais forte que elas, mas acho que ainda bem que quando meu pai ficou com muito sono eu também consegui deixar ele menos triste porque eu falei que ia ser sempre amigo dele, foi bom eu falar, foi ótimo eu falar, mas dessa vez que eu saí talvez ele achou que eu não era mais melhor amigo dele, mas eu queria muito sair e pelo menos eu trouxe bolinho e isso ele eu acho que gostou, e principalmente que era de chocolate e acho que é muito bom comer um bolo antes de dar aula, só é ruim que acabou muito rápido daquele dia, mas que bom que eu aguentei não comer e só comi um pedacinho do dia antes, eu nem fiquei com tanto medo de dormir lá que não era na rua porque era atrás da árvore, mas fiquei um pouco e acho que eu não ia querer de novo, ele gostou bastante mas acho que bolo sempre acaba rápido e não dá pra fazer tanto bolo ou eu podia fazer, mas acho que deve ter outros jeitos de ficar feliz senão também a gente vai ficar gordos e acho que eu não queria ser gordo se for gordão muito, eu queria ser igual eu sou agora só que talvez mais forte ainda mas talvez não muito de ficar estranho, ou talvez muito sim e totalmente, que nem o mais musculoso de todos, é se fosse pouco eu não queria e se fosse bastante também não, só se fosse o mais de todos, e acho que meu pai forte ia ficar legal também, ficar legal parece de ficar que nem doido loucos, não sei se ele já ficou doido loucos alguma vez, que nem dos caras do filme que fumam droga, mas agora acho que ele tá meio mais sério e inteligente que nem a mamãe, só que inteligente de um jeito ruim, que é inteligente sozinho sem explicar as coisas direitinho, que nem como os magos só que falando muitos mistérios vários um atrás do outro, e o bom dos magos e essas pessoas que são os sábios é que eles falam só um mistério por vez, e quando é assim tudo bem e melhor, porque aí dá pra ficar pensando e pensando e ficar usando o que a pessoa falou de vários jeitos, mas se fala várias coisas e vários mistérios sem parar e sem explicar as coisas que ficam bem no escuro sem falar como se fosse no cantinho das frases aí eu acho bem ruim ser for mais que uma ou duas, e acho que da mamãe mesmo que ela nunca fez nada ruim acho que das coisas que ela fez menos perfeito foi essa, que é isso de falar muito mistérios sem ficar explicando e aí ela ficava muito como se eu já tivesse entendido tudo, e mesmo que no fundo eu com certeza entendia tudo de primeira e rapidinho, mesmo assim às vezes ficava meio mistério de falar rápido e muito, mas tá certo, porque no fundo eu entendo e entendia tudo com certeza, só às vezes eu achava meio ruim, e pensando que eu sou o que sou o Deusinho, então mesmo que ela era perfeita talvez ela errou um pouco nisso de ficar inteligente sozinha e explicar sem explicar as coisas, mas na verdade nessa hora acho que já tava dando um pouco de saudades dela porque não parecia ela, aí no fundo eu acho que eu ficava um pouco bravo, mas sem ser bravo de ruim, porque Deus não fica bravo de ruim e também eu acho que tudo bem, porque ela tava tentando fazer com certeza do melhor jeito, mas às vezes o melhor jeito não é o que ela sabia, ou o melhor jeito é o jeito muito chato e confuso, não, chato e confuso não porque ela com certeza nunca foi chata e confusa, só foi meio, mas sempre legal, eu só entendi porque eu sou eu, ufa e ainda bem o bom é isso, mesmo que não dava pra ter certeza por isso assim dava um pouco de medo, mas medo nível um ou nível dois mas com certeza não nível três, mas eu ainda era mais criança, porque também mesmo sendo Deusinho acho que Deus tem que ter todos os sentimentos, senão não ia dar pra saber como os outros tão sentindo e aí ia ficar mais difícil de cuidar e fazer tudo certo, então talvez eu quero ter todos os sentimentos mesmo que às vezes não é bom de sentir, mas aí eu vou entender todo mundo e todas as situações ainda mais, e pensando já os sentimentos que eu já tive acho que são medo nível um e medo nível dois, felicidade acho que com certeza pelo menos um pouco e bastante, amor de amar ela e também de amar meu pai, mas sem ser amor de beijo ainda mas acho que vou ter com a Bia, raiva não sei acho que só quando eu era mais pequeno que ela brigava ele não falava nada e isso dava raiva um pouquinho, aí depois deve ter muitos outros sentimentos que eu tive, mas começando por esses eu já senti bastante, mas então raiva eu vou ter que sentir de novo porque coisas que eu era mais bebê não sei se conta como lembrar totalmente, mas não sei do que que dá pra eu ter raiva bastante, acho que eu posso ficar bravo de quando meu pai fica muito com sono e não lembra que eu gosto que ele fique acordado, mas acho que isso não fico com raiva e talvez não fico nada, mas queria ficar, mas fico com raiva acho de quem briga com bicho, mas acho que essas pessoas tá mais triste e doidinha, e os bichos não entendem totalmente mesmo que eles entendem muita coisa, quando eu tiver meu cachorro vou saber melhor, talvez ele vai chamar Hot-dog acho que esse nome é legal e é de brincadeira pra todo mundo achar legal, acho que a Bia Lobato vai gostar do Hot-dog, mas acho que Hot-dog parece de desenho animado, então vou deixar pra decidir na hora quando eu ver o cachorro ou podia chamar God-dog que ia ser meu cachorro de Deusinho, e o legal que percebi que god é dog ao contrário e acho que a maioria das pessoas não deve saber, acho que isso é meio que um segredo que só quem é os Deuses que nem eu que sabe e percebe, ou bem poucas pessoas, e então os cachorros seria legal de eles serem Deus e todos eles gostam muito de ajudar por isso ia fazer sentido totalmente, acho que o meu cachorro vai ser bem farejador porque já ouvi que vários cachorros são muito bons de sentir cheiro de longe e de ouvir também, e se eles são Deus também então talvez eles ouvem tão de longe e cheiram tão de longe que eles conseguem ouvir de quem tá vivo e também de quem tá em outro lugar que talvez não tá vivo, aí talvez meu cachorro então com certeza vai ajudar a gente a falar com ela e vai ser muito bom porque se ele ajudar a falar sempre aí vai ser meio como se ela tivesse bem perto, então é melhor eu ter um cachorro logo pra se isso for verdade e pra se ela quiser me falar alguma coisa eu já ficar preparado do melhor jeito pra ouvir sem perder nada, porque pode ter coisas que meu pai mesmo que tá ensinando direito ele pode errar e o cachorro falando com minha mãe ele ia ajudar a gente a saber e não errar, eu podia saber também ouvir assim aí não ia precisar mas eu sei que ainda tô aprendendo mesmo que eu sou Deusinho porque Deus também tem que aprender ela falou e isso eu acho que é certo na maioria, e mãe é a melhor coisa que tem pra ensinar Deus, que eu percebi com certeza, e eu lembro que mesmo que ele é bom de aulas ela era muito boa porque sabia tudo bem de cabeça até sem olhar os livros pelo menos eu acho, tomara que a Bia Lobato seja legal igual ela pra ela ser uma mãe muito legal, só que já vou ter combinado com ela que tudo de rezar a gente vai fazer só a gente e do nosso jeito, e também ela nunca vai ir sozinha com eles mesmo seja um pouquinho, e então eu acho que vou cuidar dela bastante assim, talvez melhor ela ficar em casa igual eu, mas aí nessa época eu já vou sair normal quando eu quiser, se ela quiser também pode sair, acho que eu já tenho que sair pra encontrar ela agora que não quero perder muito tempo e acho que o menino da corrida lá, não lembro o nome, Zé Ferrério lembrei, ele pode tá falando com ela, acho que amanhã ou hoje eu vou de novo, porque mesmo que eu num lembro totalmente o caminho acho que vai ser mais fácil, porque eu já fui e já achei da outra vez, e também das aulas já é mais que a terceira vez acho que meu pai tá dando e eu já lembro quase tudo porque acho que já decorei bastante e talvez já posso ir fazer outras coisas de Deusinho, que também é importante sempre fazer outras coisas, acho que se não fosse pra ser assim eu não ia pensar essas coisas, que é como os pensamentos perfeitos e isso é ótimo e muito bom de ter, às vezes é muito bom mesmo ser Deus, mesmo que na maioria das vezes meio que tem pouca gente de amigo, mas também talvez é só por enquanto, porque na verdade todo mundo é meu amigo se eu pensar bem, mesmo que não é melhor amigos de conhecer é, e acho que Jesus ia ser meu melhor amigo e a gente ia andar bastante juntos e fazer na maioria coisas boas que todo mundo ia ficar nossa eles são a superdupla, e acho que eu ia deixar com cabelo comprido também pra gente ficar igual, mas ele ia ser meu melhor amigo depois do Miliguel e dela e do papai, mas a Bia Lobato acho que vou sempre contar em outra lista de pessoas que eu gosto de namorar, aí não vai ser lista porque só vai ter ela, mas ela também é muito amiga, mas diferente de amiga, e vai ser muito legal de ver ela amanhã, talvez eu podia ir com o terno que é de quando eu era menor que eu acho que cabe ainda, e ela vai gostar com certeza, e talvez vai achar que eu vou levar ela pra jantar um jantar chique, só que é muito diferente então talvez todo mundo que não sabe quem eu sou vai achar estranho de tá no colégio assim, mas eu posso falar que vim direto de uma festa de um amigo do meu pai que gosta de dar festa que tem que se vestir assim, mas talvez é muito arrumado e se a Bia não ver que é legal e quem eu sou logo, aí ela vai não gostar e talvez vai rir, mesmo que eu acho que ela nunca ia rir de mim, talvez eu prefiro não ir com terno, mesmo que ia ser legal sou eu que prefiro não ir, acho que eu prefiro ir com roupa normal, porque aí eu fico como como se fosse parecendo aluno, mas tinha que ter alguma coisa muito legal na minha roupa mesmo sem o terno, que que será que a Bia gosta de achar mais legal, ou tinha que pensar em um presente que seja o mais legal que ela nunca vai esquecer, talvez eu posso em vez de comprar fazer um, ou eu posso escrever um texto que vai contar tudo pra ela como se fosse em segredo antes de todo mundo saber, mas tudo é muito e num ia dá tempo, mas eu posso contar as coisas mais legais que eu acho e convidar ela pra sair, e quando a gente for sair aí eu uso a roupa mais legal que nem os caras de filme, e falo pra ela também usar a roupa mais legal dela, mesmo que eu acho que todas as roupas dela são legais porque ela com certeza é boa de escolher roupa igual eu, mesmo que eu não escolhi muito as minhas de comprar eu que escolho qual que eu vou usar na hora então é meio como se eu tivesse comprando direto na lojinha do meu quarto, sim, sim, por favor esse shorts e essa camiseta, quanto é? muito obrigado, só isso mesmo, se não for verde a cor que eu mais gosto aí acho que é verde escuro mas da presilha da Bia Lobato era verde claro, e acho que era lagarto que nem do chiclete ou dela era lagartixa, mesmo que não deu pra ver muito ia ser legal ter uma tatuagem dessa também só que de verdade, talvez algum dia eu vou fazer mesmo se dói, mas depois do discurso e depois que ela for minha namorada senão ela pode achar que eu sou bravo, e acho que o Miliguel vai achar muito legal e legal tipo mau e acho que os outros meninos do colégio vão ficar achando que eu sou o mais louco porque eu vou ser o único tatuado, mesmo que eu acho que eu não sou muito louco, acho que eu não sou nada louco, mas também não sei como é ser louco pra saber, então não dá pra saber se eu sou, mas acho que vou ficar um pouco louco e ser um pouco louco pra já ter na lista das coisas e sentimentos que eu já sei como é, mas qual que será que é o jeito de ficar louco sem ficar muito e totalmente? eu podia imaginar que tudo é cenourinha daquelas mini e podia imaginar que é tudo só cenoura pintada e eu podia imaginar que na verdade o jeito de falar certo e normal é cantar, só que a gente taria ouvindo tudo na velocidade errada aí na verdade a gente taria cantando e isso é errado porque isso seria falar, ou eu podia imaginar que os Comandos que são as pessoas e a gente as pessoas são só os bonecos grandes deles, só que a gente é boneco tão perfeito que sai sangue e tudo, ou eu podia ter certeza que o sol é bem geladinho e às vezes eu penso que sim, mas não sou louco por isso, só acho que às vezes lá no meio parece geladinho mas não sei por quê, ou eu podia imaginar que o discurso é melhor não fazer, aí imaginar isso dá medo, mas acho que já das outras coisas era suficiente, mas acho que tive uma ideia que é boa, mesmo que não é louca, eu podia sair e fazer tudo que eu quero só que eu mesmo vou me ensinando dessa vez melhor ainda, já que eu lembro as aulas a maioria e toda vez que eu der aula pra mim mesmo eu faço várias perguntas e tento responder todas principalmente as mais difíceis, acho que vai funcionar porque meu pai sempre fala que eu que tenho as respostas pras minhas perguntas e mesmo que ele é o melhor professor de todos talvez eu sou o segundo melhor e contando que eu sou Deusinho aí empata e fica igual de se fosse ele, ok parabéns professor Deusinho, você acaba de ser contratado pra ensinar o discurso e o Deusinho vai ouvir você totalmente, mas você tem que ser um ótimo professor combinado? combinado totalmente, e acho que já vou arrumar minha mala que acho que ele já tá dormindo e dessa vez eu vou levar tudo que precisa mas bem pouquinhas coisas pra ficar leve, e tudo bem que a viagem pode ser curta e não tão grande se der vontade, mas eu quero que seja grande porque de além de ver o Miliguel e a Bia Lobato quero ir pra praia e também quero ir pra uma montanha com muita neve que eu acho que neve quando fica muita em volta deve ser bem silêncio e bom pra pensar e preparar pro discurso, acho que de preferência pode ser dos Himalaias que já que o pai do papai foi lá então eu acho que de intuição já vou sentir bem como é, mas talvez se não conseguir dinheiro aí vou pensar em outra viagem melhor e mais baratinha que dê pra eu pagar tudo, e eu vou convidar a Bia e o Miliguel pra ir comigo e com certeza eles querem porque viagem é mais legal que estudar e principalmente se for com melhor amigo e se for com namorado, e talvez acho que vou precisar de uma barraca ou um jeito de ganhar dinheiro ou os dois, mas por enquanto essa mochila tá bom, e com o bilhete que eu deixei dessa vez meu pai não vai ficar preocupado porque eu falei pra ele acreditar em mim que nem ela acreditava sempre e que eu já sei me cuidar porque ele ensinou muito bem, disso ele vai ficar feliz porque ele vai ficar feliz de saber que ensinou muito bem, e também foi legal que eu deixei lá que qualquer coisa se ele ficar com saudades tem o mesmo jeito de resolver da mamãe, de todo mundo se encontrar no sonho, acho que eu tenho muita saudades do que eu sonho porque só dá pra ficar pouco, queria que tivesse um jeito de ficar no sonho quanto quiser mas sem perder tempo também daqui porque eu também gosto daqui mesmo que as coisas mais legais acho que ainda vão ser nos próximos anos e acho talvez nesse ano já vai começar na viagem, e só não posso esquecer de me dar as aulas e ser o melhor professor de mim mesmo.

    foi bom que eu consegui sair bem cedo mas sem tá escuro igual da outra vez, acho que sair no escuro não quero mais, escuro só foi legal da vez que a gente saiu de carro e acho que era talvez quatro da manhã mas não tenho certeza quanto só que era muito totalmente cedo e ficou aquela luz do carro e depois a gente foi andando e só dando uma volta, nossa eu tinha esquecido totalmente dessa vez e talvez foi a melhor vez de sair e talvez a única, e das coisas que eu fiz com ele foi uma das mais legais porque era só ficar olhando a luz e ficar passeando e também podia abrir a janela e o vento tava frio mas não tava muito, mas acho que tenho já que pôr essa memória bem guardada em uma gaveta que seja perto porque se eu esquecer totalmente vai ser a pior coisa, bom acho que tá bem guardada e agora então já vou fazendo a primeira aula minha e aí nem preciso parar pra fazer aula sentado parado depois na frente, então vamos lá aula começando e a gente tava na coisa da balança geral que é do Karma e do julgamento que Deus faz, e agora tem do negócio das regras que toda religião tem de tipo alguma regra que eu não lembro todas de cabeça mas sei que quase todas são regra igual de mandamento de não matar e essas coisas e tem do budismo que é mais regra mais fraca que fala tipo eu vou tentar isso e tal, que chama preceito mas igual as outras é regra de como é o jeito melhor de viver que dessas religiões das maiores todas têm, e depois todas têm o negócio do refúgio que é tipo acho que refúgio eu já explico pra mim depois porque agora tenho que prestar atenção porque pra que lado era o colégio? eu tenho quase certeza mas não tenho certeza se vira aqui, mas esse cachorro não era daquele mesmo da outra vez, mas acho que ele pode ser amigo daquele com certeza e também meu amigo, que bom que dessa vez eu tenho uma bolacha que ele vai querer de presente de comer só não sei se com certeza, esse podia ser o God-dog que eu pensei ou Hot-dog se ele preferir, mas acho que agora eu acho Hot-dog de criança, talvez ele pode então ser God-dog ou Tobias ou Mathias ou Kristofer também e do outro não lembro qual era que eu tinha pensado. Tobi! Toma, Tobi! Math, Math. God-dog, ei! Kris, ei ei Kris-Kris, nossa o nome dele é com certeza Tobi ou Kris-Kris, que foi totalmente os que ele mais respondeu e gostou, Tobi e Deusinho, acho legal, mas Kris-Kris e Deusinho também é legal de dupla, ah mas ele tá indo já embora, então acho que então ele não quer viajar comigo hoje, ia ser mais legal a gente viajar juntos do que ser amigos de longe mas também acho bom ele ficar cuidando dessa área e se eu quiser ver ele eu venho aqui, Kris-Kris também ia ser legal de apelido pra Jesus talvez ele ia gostar, acho que nem todo amigo precisa viver junto e a maioria não vive então é normal o Kris-Kris ficar, mas talvez outro dia ou depois de terminar a viagem eu vou voltar e ver se ele prefere morar aqui ou prefere morar comigo e também a gente pode ter mais cachorros porque acho que ele pode querer mais God-dogs pra ser amigo porque acho que é legal ter muitos amigos pelo menos eu até agora gosto e até que eu penso bastante nos meus amigos e gosto de pensar sempre neles, é ali, nossa se fizer uma lista acho que minha intuição tá que nem das intuições de gato e de mágico que acho que são os dois que tem as melhores, o gato com certeza porque já dá pra saber pelo jeito dele e o mágico porque senão não ia conseguir fazer mágica, será que eu consigo fazer mágica? com certeza se eu tentar muito eu consigo, mas não quero tentar muito hoje, mas ia ser o mais legal agora e entrar no colégio e já fazer uma mágica e todo mundo ia ficar nossa, a Bia Lobato com certeza ia adorar e ficar pensando como eu fiz, eu não sei se eu ia contar porque mágica não sei se dá pra contar, acho que principalmente que só dá pra fazer, da próxima vez acho que eu vou fazer com certeza porque já vou tá preparado, que bom que eu acho que cheguei no recreio de novo pelo jeito eu sou muito bom de calcular sem ter que olhar no relógio. Dá licença, você viu o Miliguel? *Tá ali.* Ah tá não tinha visto. Ele é meu melhor amigo. Brigado. a Bia Lobato ainda num tô vendo, mas melhor falar com o Miliguel antes, e depois aí eu falo com a Bia e a gente vai os três viajar, eu acho que eu devia ter trazido roupa pra eles, pra ele podia ser das minhas e eu empresto, mas pra ela podia ser as da mamãe mas talvez vou pensar um jeito bom de ter roupas pra ela. Oi Miliguel. *Oi.* Quer ir viajar eu, você e a Bia? *Tipo quando?* Hoje. Pode ser agora ou depois da aula. Mas prefiro agora. *Não posso.* Por quê? *Como a gente é amigo de não faz tempo acho que minha mãe não vai deixar.* Mas não é pra falar pra ela, que aí você pode falar depois de voltar. E você vai tá comigo que sou Deusinho então pode ficar tranquilo que tudo bem. *Não posso, porque também meu pai não ia deixar e sem avisar teria que mentir e aí se mentir de propósito é pecado mortal e não quero então por isso.* Tá bom, então eu vou só eu com a Bia e depois a gente te conta. Mesmo que eu num acho que desse jeito é pecado porque ia ser pra uma coisa legal e depois ia contar, mas tudo bem. E depois quando a gente for mais velho se você quiser você vai na próxima viagem que também vai ser legal e aí você num vai precisar pedir pra sua mãe ou ela já vai saber que a gente é amigo faz tempo. *Tá bom.* acho que ele vai ficar pensando depois que tinha que ter ido mas tudo bem talvez é pra ser uma viagem só eu e minha namorada mesmo, mesmo que ela ainda não é minha namorada eu posso chamar ela pra ir como amiga, mas como namorada acho mais fácil aceitar então talvez eu posso contar tudo rápido, tenho que falar agora que se não vai ficar estranho que já tô muito perto dela. Oi, Bia. *Que que foi?* Primeiro eu só queria dar oi. *Quem é você?* Sou Deus, sou o Deusinho. E você é a Bia Lobato, né? *De que série você é?* acho que ela tá normal só um pouquinho brava, mas do chiclete que parece mais. *Você com certeza é mais novo que a gente.* acho que vou ficar quieto, mas acho que ela num entendeu que eu sou eu, talvez eu podia só falar só mais uma vez só que rápido. Você ouviu que eu sou o Deusinho? *Eu não acredito em Deus. Eu e as minhas amigas a gente não acredita em Deus. Né, meninas? Então não gostei do teu nome. Mas gostei que você é bobo. Disso eu gostei. Ele é bobo, não é, Ju? Adoro gente que é idiota. Você é um idiota sabia?* Então quer viajar comigo Bia? *Vocês ouviram ele? Aham, ele falou viajar.* acho que talvez ela quer mas não quer falar na frente das amigas porque não pode parecer que ela quer porque a gente num se conhece direito ainda, então eu vou ter que ir e só a gente namorar depois que eu voltar, por mim acho que tudo bem. Bia, eu vou indo então tá? acho que ela num escutou. Bia, vou indo agora tá? talvez agora provavelmente ela ouviu mas ficou só pensando se falava tchau na frente das amigas, talvez como eu posso fazer ela poder ficar tranquila num sei, mas vou indo então, e se eu tiver uma ideia muito boa aí eu mando uma mensagem pra ela de algum jeito que eu tiver de ideia ou depois eu volto e falo quando terminar a viagem, mas aí vou ter que anotar pra não esquecer mesmo que acho isso é bem importante, e mesmo que esse primeiro encontro não foi totalmente perfeito de ela gostar de mim acho que no fundo ela gostou bastante só que ela prefere parecer que não, com certeza vou tentar ser mais legal da próxima vez e também já vou ser mais alto e ela vai achar eu mais velho e vai pensar nossa ainda bem que ele voltou e até que ele nem é nada idiota se eu pensar bem, porque acho que se eu fosse idiota isso eu com certeza ia saber então ainda bem que eu não sou, acho que nem preciso anotar porque não vou esquecer, mas se tiver um caderninho vai ser legal pra ser igual de viajante que escreve tudo e fala de todas as montanhas e todas as praias, o diário de Deusinho, com certeza também depois vai ser um documento que vai ficar no museu, mas talvez só depois que eu morrer, mas tomara que antes, mesmo que eu num sei se eu vou morrer algum dia, acho que posso conseguir nunca morrer, mas se eu morresse aí depois vão achar e publicar tudo e todo mundo vai querer ler porque vai ter coisas muito legais e eu podia já ir anotando se desse pra anotar tudo que eu penso ia acho que ter ideias muito boas anotadas pelo menos de música já tem mais que três que são as melhores, mesmo que as bandas que toca na rádio eu gosto mas num sei se é tão boa que nem minhas músicas que mesmo que a letra não é muito longa, normalmente é muito boa de lembrar e cantar, acho que de cantar música é outro sentimento que eu já senti que pode tá na lista, mas só num sei qual que seria o nome desse sentimento mas podia ter um nome mais legal de que os outros sentimentos, tipo rintimtímpano, ou jimmy músicas ou cantoreio, acho que um dia vou ter uma língua que eu vou inventar e vou contar pra todo mundo poder usar e não precisar ter várias línguas, mas vai continuar poder tendo ainda as antigas, xing long ju pa tcha, acho que chinês deve ser a língua mais antiga que tem talvez, acho que ser chinês deve ser legal mas eu só num ia gostar que fica a muralha em volta de tudo e aí não dá pra sair a pé, mas talvez tem portão ou túnel, e dos meios de transporte eu acho que a pé é o que eu mais gosto por enquanto, que eu já andei de carro e dos outros não, mas dá pra imaginar, mas pra chegar nos Himalaias vai ser melhor com certeza eu pegar uma caroninha, mas se eu falar que vou tão longe também é ruim porque vão pensar criança num consegue viajar sozinha tão longe, mas aí talvez não vai dar pra eu explicar sempre que eu vou conseguir porque tenho intuição muito boa e porque quem eu sou, e acho que a caroninha eu vou pegar na estrada mesmo que é o melhor lugar e eu pego carona até de noite e depois durmo onde que num for perigoso nem muito barulho e eu com certeza vou saber um lugar na hora que eu chegar na próxima cidade, qual que será a próxima cidade pra lá? pelo que eu lembro acho que é São Roque mas só não sei o lado, eu podia olhar no mapa e com certeza eu ia entender e saber melhor que lado que é a praia e depois de chegar na praia eu já vou de avião ou de barco, acho que avião é mais rápido mas com certeza barco é mais legal, e eu queria também ir um pouco de submarino, mas acho que tem poucos que dá pra ir, dessa vez acho que cheguei bem mais rápido na estrada e também já tô bem melhor de caminhos, talvez esse carrinho aqui vai querer parar e me levar, não quis, então vou andar um pouco mais, das próximas eu podia fazer uma placa igual das pessoas que pegam carona sempre, ou eu faço quando já tiver conseguido algumas, tinha aquele filme do espantalho que acho que eles pegavam sem placa e acho que eles conseguiam bastante, esse vai parar parece, não parou, então vou andar mais um pouco e ir pensando em jeito bom de ser legal pra pararem mais e também de nunca ser idiota, mesmo que eu sei que eu não sou, nossa que sorte esse parou, e esse carro acho que é bom mesmo que é velho, que que será que eu falo primeiro? *Tá indo onde é, menino? Teus pais o que é que há?* Meu pai tá em casa. Eu tô indo lá pra praia, onde tem os barcos. *Praia qualquer uma?* Pode ser lá na que tem os barcos principalmente. *Teus pais o que é que há? Cadê?* Meu pai tá tudo bem, ele tá descansando um pouco. Ele sabe que eu gosto bastante de viajar pra praia. Talvez a gente vai junto depois mais. *Assa! Encrenca! Tu me bota em uma hein! O nome teu qual é?* Meu nome pode chamar de Deus ou Deusinho. *Assa! Assim nunca não vi. Documento tem? Tenho pera.* Tenho esse antigo só, toma. *Doido! Mauro Lúcio. O nome o teu é Mauro Lúcio. Assa! Inventorzinho hein! De Maurinho ninguém chama?* Não, porque eu num sou. *Ande, suba, suba, suba. Escrever sabe? Uma carta escrita tu vai escrever. De documento pra provar. Que tá de vontade livre. Que eu deixei que implorou. Escrever assim. Que eu deixei só. Que pediu e também implorou. Que teu pai tá lá na praia.* Mas meu pai não tá lá. *Sh, sh, sh, eu terminar deixe. Mora sim. Na praia teu pai mora. História é essa ou nenhuma. E eu em tu tocar nem nunca toquei de nenhum jeito. Decore então. Decore e prometa. Que se alguém perguntar vai bem falar por tim-tim. Prometa anda.* Prometo. *Pronto. E sortudo de sorte tu. Sabia? É sim. Que pra praia eu tava indo mesmo. Guarujá conhece? Se tu quer barco, tem de monte em Santos ali. Bem do lado pertinho.* Legal e eu sou bom de decorar e já decorei olha vou falar assim então que você tá me ajudando e eu precisava muito. *E nem nunca um dedo nem dois eu te encostei. O mais de todo importante é a parte essa.* E você nunca encostou um dedo em mim. Decorei. *Mas parado não chega não. Nem Maurinho nem Deus nem Jesus. Nem um nem nenhum parado não chega na praia. Ande, ande, suba, suba, deixei já. Aqui não, atrás. Caneta tem? Decorado e também escrito é melhor.* Não tem, né? *Parando a gente compra logo uma bonitona. Prometa prometido então uma vez mais só.* Não entendi, moço. *O decorado. Uma vez mais lembre. Vai falar como? Repita a promessa bem jurando.* Entendi. Então eu prometo e também juro que vou falar que você é muito legal e desse jeito porque me ajudou que eu precisava muito e nunca encostou em mim e só me ajudou porque eu tava implorando e falei que meu pai mora lá na praia onde a gente vai. *Assim, assim.* acho que ele talvez é anjo que eu sinto que é bom mas um pouco bravo, e também se não fosse anjo como que ia ser que ele tá indo bem pra praia que é o que eu queria? tudo bem que pode ser da minha intuição de qual carro pedir, mas pode ser junto da intuição e de ser um anjo, que nem o Deus não eu, ele coloca sempre uns anjos pra ajudar eu sei porque ela falava principalmente de anjo da guarda que é o que mais ajuda na intuição, e acho que é da guarda porque talvez ele guarda várias coisas boas e vai dando devagarinho pra sempre ter, eu acho que vou tentar adivinhar o nome dele pra melhorar mais ainda minha intuição. Moço, seu nome é Daniel? *Daniel quem? Você. Seu nome qual que é? É Ana. Ananias. Já ouviu já?* Nunca ouvi, mas agora já ouvi. vou decorar isso também bem rápido decorando agora Ananias ou Ana. acho que Ananias vou lembrar mais. *Ver sabe quem? Eu tô indo. Ver sabe quem? Araci. Namorava. É. Ela e eu. Quando era novo a gente. Quize anos pra mais já. Pra mais pra trás ainda. O tempo todo esse e pronto: encontrou ali na Internet. Acredita? Encontrado os dois como se nada. Acredita ou não? Encontrado assim sem bem sem querer. Nessa doida dessa internet! O nome eu vi AraciLindinha. Pensei mesmo por pensar. Nela mesmo pensei. Na minha Araci. Mas de ser nunca pensei. Só de lembrar. Pode como? Cinco minutos nem isso e já sabia a gente. Cara dela é que eu queria é ver. Na hora assim. Bem entendendo: é ele mesmo Ananias, o Ananias, o meu. Aí disparou. Falação eu e ela e se engraçando os dois. Se tinha filho eu perguntei logo pra saber se casou. Araci ela queria filho. Isso em desde sempre. Que nem a tua acho. A cara ia bem ser. Se tivesse tido a gente um bichinho filho nosso. Que nem a tua a cara a dele ia bem ser. Olinho miúdo igual também o dela. Como que nem de criança. Mais miúdo até de comparar. E tão miúdo que era como assim calado. Assim sem dentro a gente poder ver. Um fundo escuro poço mesmo. Preto, preto, preto, eles dois todos. Um preto de brilhar. Que eu falava preteado. Assa! Preteado! Só lembrar. Besteira! Pense então: não brilha mais. Disse assim Araci. Não brilha mais meu olho. Tanto pelo menos. Como avisando, me desculpe Ananias. E era o brilho que eu gostava era?*

Nada! Também, também. Mas era assim. Fala como? Era assim de olhar e não chegar a enxergar. Só o poço escuro nada. Um tenta tenta, que nem catarata, sabe assim? E nem disso nem nada não sabia. Eu mesmo não nem. Que vinte anos é criança a gente ainda. Tu vai é ver. Agora pense. Num livro pense assim. Novelinha uma. Li novo eu. No tempo esse mesmo. O diabo do homem lá gostava de num entender nada, imagine só. Endoidecia ainda e metia a mulher na faca. Assa! Você acha? Eu nem nunca! Minha coisinha. Proteja! Mas claro e clareado deixava pra entender. Pra entender tudo como que dando. O livro esse. E a gente lendo e vendo como que a sandice bem dentro. Pior! Bem fácil ela toda! Você acha? Que eu num me entendia eu mesmo, mas a disgrama da novela me entendia. O disgramado desse homem doido. Fui vendo e percebendo fui a sandice minha. Outra! Outra toda! Mas sandice também toda. E minha sem faltar! Minha toda sem jeito de num ser. E eu gosto de ler mais o livro do Pastor Alemão que tem em casa. *Gosta é? Eu gosto de um tudo, mas Araci de nenhum jeito eu não lia nem entendia. Escuro tudo dentro o olhinho os dois. E eu olhando e perguntando quem é que tu é Araci? E ela eu num sei. E perguntando querer o quê que tu quer? E ela eu num sei. E gostar gosta de quê? Eu num sei. E preferir prefere o quê Araci? E por Deus um eu num sei que era pra tudo eu num sei eu num sei. E mesmo calado bem os dois ela e eu. Quando assim sem perguntar não nem falar. Em mesmo assim parecia eu perguntando e ela respondendo eu não sei Ananias. E desculpa quase que pedindo minha pedrinha. Fechada toda minha pedrinha. Preciosa toda de fechada. Não nem quando chorando eu via por dentro. Não nem chorando. Que quando chora é que deixa a maioria. A gente toda ela não nem mesmo. Prometo e juro. Conheça ela tu vai ver. Podia não podia? Ia gostar de tu. Ah ia gostar de tu e muito. Bonzinho assim. Tu é bonzinho não é, não? Por isso bem mesmo. Assa! Tonto eu. Chateando você de falação. Meu lado esse ficou. Escondido mas ficado. Meu lado esse de falar mais que a boca. Que eu mesmo menino aquietei. Que fazia gracinha tinha muitos. E de eu falar uma falação sem parar era ajudar eles. De bandeja tudo dando. Todo junto todos rindo e sem não pouca maldade. Por isso mesmo. Na maioria bem calado eu aquietei. Entrar e sair de bico fechado. Aprendi aprendido. Procurava mais bem quieto me portar. Ia assim. Procurando a verdade verdadeira. Como que por perto ela tivesse o todo tempo. Em um cantinho algum que a gente não nem olha ali. Bem brilhosa e brilhante. Joia rara de tudo. De cor de cristalina água sabe assim? A pura verdade verdadeira importar pra mim só isso só importava. Contando de vontades era isso. Araci mentir não é que mentia. Mas esse breu de todo escuro. Esse carvão preto fumaçando de frente o coração. Como vê por através? Diga tu Maurinho. Como então? E repare: mulher não nem faltava. Bonito eu era. Mas bonito de bravo. Chega ver ainda? Esse matuto velho! A cara fechada minha botava medo nos meninos. E nas meninas a perna toda boba. Acredite. Essa cara só por parecendo. Só bravo por parecendo. Encalado pra não falar besteira. Mas com ela minha Araci nem nunca eu consegui evitar minha falação. Que nem criança bem faladeira. Que no fundo bem assim eu era. Antes de calar de todo. Na idade tua ou antes ainda. Esse menino fala mais que a madrinha. Assim o pessoal dizia. Mais que a madrinha. Que madrinha que era é que eu não sabia e não nem sei hoje ainda. Mas no colégio não. Ruim e muito pior era. Ria e apontava o dedo um e outro. Aí todo mundo ria também porque sozinho ninguém não sabia ser. Falei isso não falei não? Aí foi que eu fui encalando. E pensando mais de modo a falar um tantinho só. Um tantinho só bem nada. Palavra era uma por vez. Uma por vez que senão acaba. Assim mesmo eu pensava. Fala pouco Ananias, cala a boca que tu vai ficar sem bala. Bem assim. Essa cara por isso mesmo brava ficou parecendo. A sobrancelha bem as duas eu baixei e não levantei mais. Não nem levantar elas eu consigo. Levanto assim ó, mas logo esqueço e já baixou. Doido e doidinho tú é, não é não? Que medo não nem teve de mim. Chorar não nem chorou nem correu. Em sendo a maioria correr bem ia. Monstro! Mas de fundo mulher e homem gostavam. Que eu via e vejo. Feio bonito bem muito. Isso assim que eu virei. Mulher e homem sim também. Ficam bem os dois me querendo. Assa! Mas eu mesmo só de Araci é que sabia de gostar. E da Lunha e da*

Fabiane também gostei. É apelido Lunha que a gente chamava. Mas de Araci foi mais e muito. Que desandar a falar eu só desando só conhecendo por demais. Bem e por demais a pessoa. Mas com ela jeito não nem tinha. Tentar ficar quieto eu tentava. Adiantava? Pergunte se adiantava? A bicha com bem os dois olhinhos me chamando. Fundura de sem fim. Como que uma corredeira correndo sem ser pra lugar nenhum. E eu com sede. Como se fosse com sede te juro. Que nunca de acreditar em coisa de amarração eu fui, mas bem começar a pensar eu pensei. E comigo mesmo eu falava quieto "Será Deus que essa bicha fez um trabalho foi?". Simpatia pouca é bobagem. Que tu sabe que a tia minha uma era bem que nem eu. Não nem nunca acreditou em nada disso. Como que nem eu. Mas um dia foi que ela tava doente e passar não passava de jeito maneira. Por Deus só que ela tava. Nem falar eu não vou como de brotoeja ela ficava que tu não vai dormir a noite. Mas em todo médico e cada um a bicha foi e nada. É isso aqui com certeza sem faltar, isso falava um mas num curava. Não é nada disso, é aquilo lá. Assim falava o outro mas curar que é bom nada também. Pomada pra cá, comprimido pra lá, injeção de tudo quanto é tamanho e nada. De tudo e tudo mais Tia Pombinha fez. Assim chamavam ela: Tia Pombinha. Aí foi que a prima dela, Rosalí Contardo, falou bem assim que ia levar Tia Pombinha era em um pai de santo. Que só assim tinha jeito falava ela. E a Tia Pombinha não nem gostava e nem acreditava em coisa assim. Mas de ruim tão ruim que tava, nem duas vezes prima Rosalí precisou falar. E num foi que o tal pai de santo mandou Tia Pombinha buscar um sapo no cemitério? Costurada a boca. Assim mesmo o sapo tinha de ser. Sapo com a boca costurada. Pois é, nem nunca ouvido falar de coisa assim eu tinha. No meio da noite assim lá foi Dona Pombinha procurar sapo. Em noite escura das mais tinha de ser. Foi assim bem assim que o pai de santo falou. E ainda mais disse em detalhe certo: que Dona Pombinha ia encontrar o bicho porque o sapo é que ia encontrar ela, entendeu? Assa! Proteja! Que fosse lá na noite seguinte sem demora. Que se apressasse. Assim também falou. O caso era que Tia Pombinha tinha roubado a namorada de um moço. Que da fruta é que ela gostava. E o trabalho esse parece que foi o moço que mandou fazer pra Tia Pombinha. E o jeito era esse mesmo, só indo atrás de quebrar a reza. E num foi que Tia Pombinha achou o disgramado do sapo coitado com a boca costurada no diabo do cemitério? Em dentro do bicho então pense, tadinho do coitado, a letra P assim na língua, como que escrita. Em bordado! Logo o P assim bordado P de Pombinha. E isso não nem da boca do povo eu ouvi. Foi de Tia Pombinha ela mesma. Tudo assim de cabo a rabo contado. E até mais detalhe ter tinha porque ela ficou foi mais de hora tudo assim contando. E esquecer eu nem nunca vou porque morrendo de fome eu tava. E ouvindo tudo e tudo na cabeça assim gravando, mas junto também na fome pensando. E a vergonha segurando eu de pedir. Porque Tia Pombinha sabia todo mundo ela era mão fechada que só ela. A mais de toda da família. Não nem tanto comigo. Que ela gostava que eu visitava e ouvia tudo quanto ela queria falar. Mas de o pessoal falar que ela não nem abria a mão pra lavar a cara, eu é que pedir não ia. Só esperar eu esperava e tentando com o olho assim pedir. Assim foi que eu ouvi tudo e se um nada eu não guardei foi pela fome essa. Pensando todo o tempo em comer alguma qualquer coisa. E tinha lá a comida do cachorro que a gente tava era no quintal. E imagine a fome que eu chegava assim pensar: quando ela levantar eu vou agarrar essa comida. Mas levantar ela num levantava. E terminar de contar a contação também não nem. Que eu não comi foi nada. Então quando a sandice minha pela Araci começou logo da Tia Pombinha eu bem lembrei. E sem poder não pensar pensei. Que Araci uma amarração dessas tinha feito. Sabe assim por muito gostar e não maldade. Falar não nem falei em nunca. Mas pensar pensei bem e até encasquetei. E como é que não? Se uma hora a perna é minha e na outra bem as duas não tem dono? A folha seca. A folhinha miúda e seca. Imagine assim sem no chão poder chegar. Voando e querendo cair a folhinha mas subindo e descendo modo o vento pra todo lado. Eu mesmo bem assim bem como a folha essa eu era. Decidir nada eu não podia. Porque a vida minha minha mesmo não era. Falar eu falava de mim pra mim: cedinho bem amanhã vai ser, terminar vou é tudo, que a sandice essa eu mais não aguento. Bem cedo de amanhã passar não passa. E terminar eu terminava? Assa! Mais junto ainda juntava. E daqui a pouco casando quase a gente tava. E eu pensando, Deus Pai, minha perna as duas pra mim devolve faz o favor com todo respeito meu Deus Pai. Mas pra uma pedrinha preciosa de toda eu ia era falar como uma coisa dessas? Bem olhando na carinha dela como eu ia falar acabou meu amor? Que aguentar eu num aguento mais meu amor ficar assim sem entender. Não aguento olhar bem dentro o olho os dois seus e de jeito nenhum entrar. Era dizer eu vou acabar e na hora mudar tudo só pensando essa mulher eu amo e jeito nenhum não tem. Assa! Pense. Em mesmo assim sendo foi só eu ver que era ela ali. Na internet ela mesma minha Araci ali. Foi só eu ver isso que o desespero todo de volta tava. Voltado inteiro no corpo o meu. O desespero todo como em um segundo assim. Ruim é. Mas bom também. Bom ainda mais. Como é que pode. Assa! Quase dormindo o menino. Dorme Maurinho, dorme menino. acho que achei ele bom de contar história, mas não igual o papai, e de professor não sei, mas a Araci deve ser legal mas não tão legal igual a mamãe, mas deve ser bem legal também, acho que não tô com sono igual ele falou mas tô um pouquinho porque já tô com vontade de não falar nada, será que dá pra ficar sem pensar igual fica sem falar? agora acho que com certeza não se a pessoa não for mosca, porque pensar é totalmente sempre e falar dá pra fechar a boca, moca boca moca boca, é bem bonita essa estrada e acho que a gente já tá longe e podia ser que essas árvores fossem um mar porque parece como se fosse um mar de plantas e o carro como se fosse a prancha, deixe que agora eu estou comandando a prancha Ananias, eu ia falar assim, as plantas são todas minhas amigas também, e elas só querem deixar a gente com medo, que nem criança quer assustar o pai pra o pai ficar mais com atenção total, aí vem outra grande onda, olá pai você também é surfista? *Sim, filho. Vamos cair e se jogar direto no mar porque a gente é mergulhador. Vamos.* Pular deu medo mas até que embaixo da água também é bom, e o bom é que dá pra respirar porque você me ensinou isso, mãe você tá com o corpo do papai já reparou? Mas só que o cabelo é seu e tá crescendo cada vez mais, ah entendi, é pra gente fazer uma corda né, é sempre bom ter uma corda, eu sei, é das coisas mais importantes, tudo bem, se você quer a gente vai mergulhar mais fundo sim, mas tá muito mais escuro, mas tudo bem que eu gosto de escuro e não tenho bastante medo, mesmo que normalmente eu tenho um pouco, pode vir mamãe, que eu posso cuidar de você fica tranquila que você tá muito pequenininha, vou levar você pro esconderijo que só eu conheço e cabe, mas esse esconderijo é aberto mesmo, pode ficar tranquila essas pérolas são presente da Araci, é você a Araci mãe? Conta mãe pode contar quem é você. *Eles só tão me esperando querido, toma essa faca, segura bem, você tem que abrir aqui a barriga da mamãe. Sim, você não quer salvar a mamãe? Então precisa. Olha eles já estão aqui pra me levar, você lembra do Pastor Matheus? Você vai me abrir querido ou vai deixar eles me levarem?* Mas essa faca é feita de maçã mãe, eu vou buscar uma faca que não machuca porque é feita de água, água viva em cima em baixo dói e vai, acho que essa pode ser uma música do meu show. *Senhoras e senhores, apresento a vocês, depois de tudo que ele passou, o grande Deusinho!* obrigado pelos aplausos gente eu vou cantar uma música mais bonita que vocês já ouviram só que vai ser bem baixinho, bem baixinho então prestem totalmente atenção, é assim sh sh ch sh sh sh chhh sh sh chhh shhh sh sh sh, gostaram? Se vocês não gostam dessa é porque não entendem mas é muito boa já podem aplaudir, se todo mundo ficar sem aplaudir eu não vou fazer uma outra música mesmo e vocês vão perder o melhor show do melhor artista, mas talvez todo mundo tá deixando pra aplaudir depois só quando eu terminar aplaudir tudo de uma vez, agora deu vontade de chorar um pouco só um pouco, não precisa me aplaudir mas pode só falar se gostou ou não, no 1, 2, 3 e já, *EU GOSTEI!* Obrigado Miliguel então você ganhou um presente surpresa que ninguém sabia que eu ia dar pra primeira pessoa que falasse eu gostei, você tá convidado pra fazer parte da banda mas só se quiser viajar comigo, só que cadê a Bia Lobato? *Quem é a Bia Lobato?* É a Bia, a Bia do colégio, a menina mais bonita que ia ser minha namorada, sabe? *Não tem nenhuma Bia Lobato, a menina mais bonita do colégio é a Araci.* Então eu que sou o namorado da Araci não o Ananias, e também preciso ter certeza que ela não vai gostar do Zé Ferrério, tudo bem porque eu sou o corredor mais rápido com certeza e acho que a melhor hora de fazer o teste é agora que tá todo mundo do colégio agora, prepara e todo mundo, tem que abrir espaço gente, senão não vai dar pra gente correr, abre, isso, isso, pode parar, pode parar de abrir, vocês tão indo muito longe, já tá muito aberto, para de abrir gente, agora eles nem ouvem eu mais, é, acho que abriram muito não dá pra ver ninguém e se contar de pessoas é zero bem redondo redondinho redondático, redondático acho que vou chamar de o zero do medo mas não sei o que é isso, talvez eu se eu gritar bem alto todo mundo volta, Miliguel! Pai! Paiê, você tá onde? Ô mãe! *Ô garoto! Maurinho acorda garoto! É sonho só, assusta não! Assa! Fundo bem fundo dormiu, hein? Na praia é que é bom assim. Pousa o olho e pronto. Pousa o olho e já sonhando já tá. A gente foi também. Uma vez só uma. Pra praia. Tava lembrando. Uma vez só eu e ela. Foi de ônibus que a gente desceu. De carro não. Deus Pai, sofri foi por demais na viagem essa. Da cabeça sim. Araci eu achava que tudo tava achando ruim. Coisa da Tia Monalisa. Tia minha essa que eu morei. Dois anos só, mais não. Madama! De tudo tudo. Quem casou com ela foi o irmão da minha mãezinha. Tio Ericlen. Bem e por demais esse aí se deu. Pensão ganha até hoje que separaram. Aí mora ele e os filhos os dois. Olha! Olha, Maurinho! É uma águia, não é nao? Esse bicho come até cachorro.* acho que eu num sou rico, mas se eu quisesse podia ser mas acho que num quero ser rico nunca porque num é pra ser rico pelo que Jesus fala, e Jesus é dos que eu mais gosto, mas gosto também bastante do Arjuna, mais que do Krishna, mas do Krishna bastante também, acho que gosto quase de todos igual, mas mais bastante desses, mas o Alá é muito ricão e também gosto dele, depois eu tenho que lembrar de fazer aulas de cabeça, eu podia fazer agora que ele ficou quieto, só queria terminar de pensar do dinheiro pra escolher quanto que eu vou ter, que ser rico acho que depois do discurso talvez tudo bem e sem problemas, aí vai ser bom que eu vou falar pros ricos darem um pouco pros pobres e acho que vai ser muito bom se eles aceitarem, mas acho que vou falar pra eles darem bastante e que eu sei que tem gente que é muito rica então, vou falar pra essas pessoas darem pras pessoas pobres e principalmente pras mais pobres e talvez aí pode ser todo mundo rico, que sorte que eu tive essa ideia, e se algum rico não quiser dar tudo bem, mas acho que ele vai querer porque ele vai saber que é o certo porque é muito ruim que tem gente que é pobre, e mais ainda eu sei que tem gente que não pode comer, das pessoas que podem comer acho que não é tão pobre, mas todas podiam ter bastante, mas talvez não precisava comer comidas chique de rico, só se gostasse muito, mas pelo menos todo mundo podia comer x-maionese e pringles, e um bolinho de chocolate igual que eu dei pro papai, acho que se todo mundo puder essas coisas, e suco de laranja, acho que aí todo mundo já vai ter bastante, e acho que todo mundo também podia ter uma piscininha, mas melhor usar a piscina com os amigos, e se todo mundo tiver em casa, aí talvez cada um só vai usar a sua sozinho, então talvez melhor ter uma piscininha em cada rua, porque senão também fica à toa se não usar, e depois também sem ser piscina acho que todo mundo tinha que ter pelo menos cinco amigos, ou talvez pode ser mais também, mas no mínimo cinco pelo menos, e principalmente os pobres iam ter mais amigos, e iam ter pelo menos um amigo rico que ia poder ajudar eles a comprar uma comidinha e também umas roupas legais provavelmente bem legais, mas de presente totalmente sem ficar nada como se a pessoa tivesse feito favor, e também acho que cada pessoa vai poder ter um animal de estimação, o meu claro já ia ser cachorro igual eu vou ter o God-dog e dos outros podia ser outros que eles gostam, só menos animais que atacam os outros que nem leão aí não ia poder, só se fosse muito bem treinado, acho que a gente já tá chegando em algum lugar, mas vou dormir um pouquinho e já já vou perguntar se já tá perto dos barcos, e vou perguntar pra ele como é o melhor jeito de pegar carona nos barcos mais rápidos mas também não tô com pressa então pode ser devagar mas de preferência dos grandões que eu prefiro com certeza e tem mais coisa pra fazer, mas antes vou dormir mais um pouquinho porque um soninho é bom antes de viajar na água, não sei como eu vou conseguir barco rápido, mas acho que com essas dicas do Ananias pode talvez me ajudar porque ele acho que sabe bastante coisa também, só menos que eu e ela e o meu pai. *Ô Maurinho. Então. A viagem essa quando desceu a gente. Eu e ela pra praia. Vergonha que só. Eu todo. Demais pensante. O café era que eu achava tá queimado esse negócio ela tá fazendo cara feia. O pessoal que gritava alto por demais falando no ônibus. E eu como pensando ela tá achando insurportável. O calor. Tudo odiando ela tava. Na minha cabeça bem assim. Mas falar eu não nem falava nem perguntava. E perguntar ia pra quê? Em quando perguntei bem assim foi: só sorriu só. Como que mais perdido o bicho não fica? De pegar a mão eu sempre fui. Modo a passear de mão dada. Quando é que pode soltar é que eu nunca não soube. E no calor esse todo a gente pegava a mão eu e ela e a suadeira que ficava era só por Deus. No ônibus então. Que apoiava assim no colo no dela e chegava escorria e a calça escura de molhada ficava. Da suadeira da mão as duas. Mas soltar eu ia como? Pensar eu pensava que ela ia falar ele tá bravo. E deixar ela pensar uma coisa dessas minha Pedrinha Preciosa como eu ia? E estrada e mais estrada e a mão as duas um suor só. Brigado meu Deus Pai bem assim eu falei quando eu vi a praia. Que podia soltar finalmente a mão da bichinha modo a pegar a mala. Deixa que eu levo meu amor. Minha Pururuquinha. Assim também ela eu chamava. Que um apelido bastar não bastava. E Nininho ela falava pra mim. Nininho isso, Nininho isso ali. Mas em casa só. Nininho de Ananias. Ninias, Nininho sabe assim? Mas de Menininho também, pode ser num é não? Eu Menininho! Assa! Só ela só! Mas em perguntar se era de menininho não perguntei. Nem nunca. Só sendo deixei. Que era mais só em dentro de casa que ela falava assim. Fora quando foi ela falou uma vez só. E eu bem olhei e falei minha Pururuquinha, me chame de Nininho aqui não, que Nininho só quem conhece é tu. E assim sendo eu quero é que continue. E bem alto foi que ela respondeu, como que gostasse de segredar comigo: Claro, claro, Ananias. E puxando bem o A falando assim: Claro Ananias! Como sendo que eu mandasse. Mesmo que em nunca ela ia me obedecer. Só fingir bem fingido assim e eu acreditando e bem gostando. E na praia toda a mesma história foi. Um camarãozinho era eu comprar, um sorvetinho. Qualquer coisa e tudo parecia assim tão pobrinho. E a pousada coisa simples também. Dona Janaíra era a dona o nome dela. E a Janaíra essa toda hora falando aqui é bem simplinho, mas é tudo arrumado. Tudo bem simplinho, mas bem limpinho. E assim repetindo ficava. E cada vez eu pensando cala a boca dona! Fica quieta pare por favor Deus do céu! Mas pensando só. E eu aí era eu quem fazia a cara assim tentando dizer me desculpe meu amor, me desculpe minha Pedrinha Preciosa, foi o que deu. E metia logo meu orgulho mesmo falso sendo e dizia assim alto que hotelzinho pra viagem assim pequena é bom assim mesmo. Que simplinho assim é melhor, que hotel de luxo é muita emperrenhação e nem gostar ela não ia. Bem assim falava pra me defender da dona essa. Mas em dentro de mim era uma doeção de tudo. Que a TV não tinha muito canal. Que o café da manhã era pouco. E com esses sem por onde, fui que fui a viagem toda até nossa volta todinha. Mas agora é que tu não acredita. Que um mês coisa assim depois. Araci ela mesma me disse bem assim. Bem brigando a gente tava coisa séria e bem assim ela me disse. Que em nunca que ela ia ser feliz de novo como que nem na viagem essa. Que mais feliz que isso não nenhum dia na vidazinha inteira dela não tinha sido. E prometido e jurado pra você eu juro que a única vez que eu vi em dentro bem dentro dela foi essa. Como se o olhinho os dois olhinho preto dela fosse assim diamante transparente todo. Como que a palavra dela fosse a verdade mais pura que a verdade de minha Nossa Senhora. E bem pensando, desde essa briga que eu ainda mais doido fiquei. Por assim saben-*

do que dava era pra atravessar e enxergar bem dentro dela. Em quando ela ia deixar de novo? Aí é que tava. Minha Pedrinha Preciosa. E tá lá me esperando. Tá me esperando, Maurinho. é, acho que com certeza atestado de óbito todo mundo tem mesmo desde sempre, deve ser de fazer igual certidão de nascimento, mas eu gosto mais de certidão de nascimento que é mais bonito, queria lembrar quando eu era bebê, ainda bem que eu não morri nunca ainda porque certidão de óbito deve ser mais importante quando a pessoa já morreu, porque aí tem que usar pras coisas do governo, e se tivesse que usar a minha ia tá com bilhete surpresa e ia ser ruim de usar porque com certeza os governantes preferem mais quando não tem nada escrito nos documentos, eu devia já ter escrito também uma surpresa pra eles os governantes e talvez pro presidente, só não lembro quem é agora o presidente, acho que o Ananias ele queria que eu já falasse o discurso pra ele, porque ele falar das coisas dele acho que é como perguntar pra mim onde que ele tem que ir, mas eu melhor me preparar mais ainda pro discurso que a próxima aula ia ser com certeza de refúgio, que das regras eu já lembrei que seria de todas as religiões terem tipo as regras de como que a gente devia ser o normal de viver, e do negócio de refúgio é que todas religiões das principais falam que a gente tem alguém que a gente pode se apoiar totalmente que é Deus ou tipo Deus, que por isso que Deus é Pai e também deve ter Deus mulher que é mãe nas outras religiões mas nessas só que nem Ave Maria, e isso é de refúgio porque pai a gente sempre pode contar que sorte, mesmo que no julgamento final ele talvez é bravo e aí num tem muito apoio, então não sei se ele é sempre legal ou só quando a gente tá vivo, mas eu vou ser sempre legal e se eu ficar no lugar do Deus principal eu aí vou ser legal sempre pras pessoas não sentirem muito sozinhas, o Alá também é que fala sempre "o Misericordioso, o Compassivo" e ele também então é bom de apoio ainda bem senão os muçulmanos iam ficar sem ninguém e acho que mesmo que eles parecem bravos eles não são muito, acho que é mais só jeito, e ainda bem que do Krishna fala que todos os caminhos mesmo com nome diferente levam pra ele, isso é bom porque se quebrar a igreja de alguém, aí pode também ir pra ele, ufa acho que já tou terminando a aula que acho que só falta Buda que é bem fácil também, porque o negócio que tem das três joias, que é procuro refúgio no Buda, nos ensinamentos e o outro qual era não lembro totalmente mas era procurar refúgio com os monges também, então pronto, acho que terminou a aula perfeita e acho que foi bem rapidinho, acho que eu ainda num sei se já me apaixonei igual do Ananias e a Araci, mas com certeza é bom eu fazer isso uma vez pra entrar na lista de sentimentos de que eu ia ter todos e aí eu ia entender ainda melhor todas as pessoas, mesmo que eu já tô entendendo quase quase tudo e só falta bem pouquinho quase zero nada, acho que o nosso é o carro mais rápido parece, com as histórias que ele contou dele acho que eu tô entendendo ainda mais todas as coisas que é bom pra Deus saber e ajudar as pessoas, a gente vai bater! Ananias! A gente vai bater!

Essas abelhas fazem mais barulho que o Sol. Agora eu tô voando mas é de saboli de faguti, um valinhos de sarico é mais tofagon, eu salimono de chargon sim, e saborizo estrenai com certeza. Vamos ao lalar, acho que vamos ao sem ninguém, nossa acho que falar da Lua eu acho que nem de costas todo mundo sabe mas a mamãe sabe e sabe pisar na Lua e sabe esmagar a Lua e a mamãe é o mais que a Lua tem. E talvez eu nunca vou saber nada que eu não sei. Eu vou saber só tudo mesmo sempre, mas não as coisas separado, agora vou fazer uma lista que cresce na minha coluna vertebral, primeiro é bichos de dor, porque dói muito e se eu num fosse Deus eu ia chorar dez vezes bem agora. Você não é Deus. Sou sim. Você não é Deus e nunca vai ser. Sou sim, senão eu num ia saber que eu sou e senão ela não ia ter falado. Vou ficar quieto e descer no buraco, eu acho que tô indo pra onde? Se tem uma cabra a cabra nunca é o demônio porque o demônio nunca é o que acham. E se souber não é. Com certeza vai chegar uma hora que a roda de Samsara vai abrir e eu queria poder escolher, mas eu num lembro mais o que eu queria escolher. Eu num lembro mais e acho que esqueci uma coisa muito grande. Esse caminho é talvez totalmente sabedor. E não sabedor é esse caminho ao contrário. Eu é uma palavra que é uma palavra e eu fico falando. E só fico falando parece que é muito rápido que eu fico falando. Mas esse redemoinho é pra onde que leva? Achei que buraco era contra redemoinhos porque podia ser só buraco ou só redemoinho. É pra onde que leva mil carros? Araci é pra onde que leva? O buraco é mais escuro que árvore de noite, e árvore de noite é o mais escuro que tem. Tô sem ar, mas acho que todo fundo do mundo é o fundo do olho dela. Eu é uma palavra, mas que eu não sei totalmente o que é. Mas a Araci é a pedra branca. E tem pedra branca no fundo do gulgar. O gulgar é o sétimo astro com certeza, a polifia é a primeira pirâmide mas não com certeza. Onde que leva essa pirâmide é o buraco. E qual é que é meu nome sem ser o que eu não sei? Só preciso saber isso e acho que podia acordar desse mar que é muita água e eu num consigo respirar, só preciso saber isso e eu ia conseguir desligar a neblina que é um sono tão claro. Acho que o mundo é só essa lanterna branca e preta acesa inteira, por isso tá tão claro e escuro, só falta eu encontrar o que mesmo? Só falta eu encontrar uma coisa mas num lembro o que é, só falta eu lembrar isso pra alguma coisa. Voar é ruim que num tem chão. É muito vento sem volante. Cebolante. O que é que eu preciso lembrar? A forma de um gancho é bem dura e talvez vai buscar no que eu preciso saber, sarabem, carinhoso ou carinhosso. Osso desse muro, que nem onda de concreto, bem mole e bem dura, que nem bunda de japonês, que engraçado mas que medo, bem dura e bem mole, que nem pensamento talvez de mágico. Eu só preciso lembrar o que é mesmo? O que é mesmo eu? O eu é o Deus. Você não é Deus. Sou sim. Se você é Deus então você lembra de tudo. Só preciso lembrar e vou rapidinho. Mas tá muito claro e escuro, não dá pra lembrar assim. Se eu conseguir respirar só uma vez talvez eu vou lembrar. O cachorro lembra tudo mas acho que é ele que tá me mordendo, que tá doendo muito.

Agora tá longe. Agora minha pele toda tá bem longe. Agora tá mais escuro e tá mais claro. Tá ficando tudo sim e não. Eu só preciso lembrar. O que é eu. E só lembrar o que eu preciso lembrar. A morte que inventou a palavra abracadabra, isso eu lembro. Essa abelha é muito forte e fala muito baixo. Eu gosto do som dessa abelha que fura. Mas não gosto que ela dói. Para abelha, você é contra mim. Para de ser contra mim. Você é o som do som e isso dá pra perceber. Para de furar o claro e o escuro, por favor. Para de fazer sim e não com som. Para a senhora abelha, senão eu não consigo pensar e lembrar. Lembrar da faca não é. Lembrar dos amigos não é. Da lista deles também. Se eu conseguir o claro escuro. Eu não vou lembrar agora. Se eu conseguir desistir eu não consigo. E porque eu tô caindo tanto mas não é pra baixo. Acho que não consigo parar de ficar com susto. Que nem travou minha boca de nuvem. Que nem eu aberto todo aberto. Que nem todos os pedacinhos de pele pra todos os lobos comerem e todos os lobos do mundo inteiro comendo. Que nem um sal bem doce que deixa o corpo um formigueiro. Que nem o zero algo. Quem é que fica falando tanto que eu não consigo me concentrar e lembrar? Quem é que, fica silêncio por favor. Eu vou gritar com certeza se a abelha não parar de furar meu peito. Meu peito que a abelha vai dormir aí, é porque abriu. Eu não quero que a abelha dorme aí. Você não é Deus. Sou sim, para de falar isso. Você não é Deus. Sou sim, cala a boca. Eu vou deixar a abelha dormir dentro do meu pulmão. Viu? Viu? Agora minha mão tá na corrente. Porque eu não paro de cair? Esse ar não dá pra abrir a boca. Fala sim ou não agora que o seu pai acabou de nascer. Não posso falar. Fala. Não posso falar. Sua mãe também nasceu mas não nasceu da boca. A gente tá descendo pela garganta. Não tá não. Esse fundo escuro é tudo não. É tudo sim e não. A gente tá começando. A gente tá no fim do zero. Jesus repartido em pedacinhos. Alá com rosto muito rosto. Buda em cima em baixo, acreditando muito muito. Cadê o fim do zero por favor já sou eu. Cadê o fim do quem sou eu. Cadê a lança do Arjuna? Eu sou

Arjuna. É sim. Não sou. Eu sou Krishna e Brahman. Não é. Não sou mesmo. Eu sou o claro escuro. Se você é mesmo, então o que é o eu? Não sei o que é. Se eu conseguisse lembrar. Eu sou o zero e algo. Eu sou o infinito bem pouquinho quase tudo. Não é. Se eu conseguisse lembrar, mas eu só preciso matar essa abelha. Eu só preciso matar uma abelinha só. Mas abelha é tão boa que só o gosto é terror. Não consigo passar esse jeito de susto. Pra onde a gente tá caindo, pai? Quem é seu pai? Pra onde a gente tá caindo, pai? Fala logo, por favor. A gente tá dentro ou fora da água, não dá pra saber. Mas tá com gosto de nunca. A gente é comida dos homens das cavernas não é, pai? A gente é só um porquinho e um macaco. Pode falar que eu sei. Pai, tira essa abelha do meu rosto por favor, que eu num consigo lembrar. E eu só preciso. A mamãe quer te dar oi. Eu não quero dar oi agora. Eu quero dar oi só sempre ou forever never. Cadê a mamãe? Tá atrás daquela porta. É, dá pra ouvir a voz dela, mas acho que ela tá fazendo outras coisas que são mais antigas muito mais antigas com certeza. Por que ela não quer falar oi? Ela só quer falar eu quero falar oi. Muito antiga essa idade. A mamãe só quer falar o que era mesmo? Esse susto claro escuro como faz pra desligar? Alguém ninguém por favor só fala oi. Abelha que é segundo vascular. Segundo eu não. Eu sou o zero. Se eu lembrar. Eu acho que. Só preciso lembrás. Le le le lembrás. O óbito da le le le lembrás. Ce. Ce. O susto escuro claro. Só preciso. Ce ce ce bolás, ce ce ce bolás. *Ele acordou. Meire, aqui. No 208. Ele abriu o olho. Oi. Você tá me ouvindo? Mexe a cabeça. Você consegue falar? Você me ouve? Se você me ouve, fala o seu nome. Deus. Deus te ajudou? Com certeza Deus te ajudou querido. Minha nossa senhora, Meire, você ouviu. Deus foi a primeira coisa que ele falou. Deus. Oh lá, falou de novo. Você. Qual é o seu nome querido, você consegue lembrar o que aconteceu? Meu nome é Paloma. Fica tranquilo que vai ficar tudo bem.* claro escuro, acho que eu consegui lembrar, que eu só precisava, claro-escuro acho que eu consegui Capitão, mas munsassuu, alará mosti mastô, palomaria, silêncio agora, acho que eu tô, num posso, acho que eu tô esquecendo, zum zum, que nem as coisas de lembrar. Mas esse túnel é bem. Eu tô caindo no susto de novo. Como é o nome do claro escuro? Como é o nome do zero algo? Eu nunca esqueci, eu sempre lembrei, só tava atrás da minha cabeça. Pai. Pai! Para de andar pai, para de andar, que o meu pé tá doendo. Acho que vou chorar, mas só por causa do meu pé. Que a mamãe, que acho que eu vou ligar, vou sim, mamãe por que ninguém atende o telefone? Eu só preciso de um pouquinho de respiração totalmente completa que aí tá bom. Acho que agora vai ficar bom porque agora tá tudo limpo acho que vou ficar aqui sentado porque é o mais calmo e é calmo muito longo que nem dá pra ver o resto de tudo mas pelo menos que dá pra ver que alcança. Talvez eu tô aqui a um segundo, mas acho que mil anos, porque mil anos é quantas coisas eu pensei por dentro de cada pensamento e talvez agora. Mil anos de novo. Que todas as coisas claro escuro, que todas as coisas zero algo. Mas ainda não consigo, eu só preciso lembrar e segurar, talvez se eu pensar bem forte com o cinza e segurar acho que eu tô chegando mas esse trum trum tá vindo, tá vindo de onde? Parece que esse cavaleiro vai me falar. Ele tem a boca preta e a cara vermelha. E ele tem a espada que deixa um risco no chão. E a bota dele é de metal. Pode falar cavaleiro. Ananias e Araci, garoto. Que nem dois anjos voando Anaru. Abará. Você me dá o cavalo? Não, cavaleiro, não precisa se matar, pode ficar por favor. Pode ficar com o seu cavalo perfeito. Não precisa morrer. Preciso sim. Precisa por quê? Porque é a sua vez de subir no cavalo. Mas eu num quero que você morra que eu vou ficar sozinho de novo aqui. Acho que esse cavalo quer ser cavalo-marinho. E eu já sei por onde eu. Esqueci. Acho que agora tem muita montanha pra ficar silêncio. Mas agora já parou de passar mil anos porque dá pra ouvir que o tempo tá bem devagarinho. E essas flores são bonitas porque azul e azul escuro são bem bonitos. Agora o que é isso. Acho que é a mamãe cantando. Acho que é ela porque eu tô ficando bem pequenininho. Acho que se for ela acho eu nem sei. Pai, eu vou lá dentro. Acho que ele não ouviu. Deixa, eu vou que a porta tá aberta. Eu nunca tinha reparado que a nossa casa é tão bonita mas fica tudo branco e gelo em volta. Que música é essa que ela tá cantando? Eu acho que é a música mais bonita que existe porque deixa que nem silêncio bem calmo e dá vontade de dormir, acho que é ela. Essa luz é muita muita luz. Mãe? Meu Deusinho, meu Deusinho, vai crescer, vai crescer. Meu Deusinho. Quem é esse no seu colo, mãe? Você é muito grande, filho, não cabe mais aqui. Você não cabe no colo da mamãe. Você não é pequenininho, só ela cabe. Mas eu que gostava, essa música era eu. Agora é ela, filho. Quem é meu Deusinho? Quem é meu Deusinho. A Araci é meu Deusinho. A Araci é meu Deusinho das jabuticabas. Mas olha eu brincando então, mãe. Olha o que eu vou fazer, tampar a respiração e fechar o olho. Cadê agora? Cadê? Porque o claro escuro. Acho que, se eu lembrar o agora. Abelha minha amiga não porque dói. Eu preferia com. O vidro quebrado bem quebrado eu preferia sem. Muito rápido, Ananias. Acho que eu vou quebrar, mas tem que ser bem devagarinho e com cuidado, essa bola bem redonda e pequena de cristal, acho que se eu quebrar devagarinho vou encontrar tudo só que dentro, mas eu não consigo descer do cavalo. Ele vai muito rápido. Eu não consigo descer. Cavalo, para por favor. Se eu lembrar o nome dele talvez eu consigo parar. Só preciso dessa vez. Acho que é. Eu sei que o nome é. O cavaleiro deve ter falado o nome. O cavaleiro era o cavaleiro de metal. Então talvez o cavalo chama. Eu sei o nome do cavalo que é um nome que eu sei. Cavalo que não é cavalo-marinho chama Cavalinho. Cavalinho, para! Parou. Ele chama Cavalinho. Cavalinho, vou descer. Cuidado, olha o tudo. Agora essa escada eu acho que vai lá pra baixo, bem bem pra baixo. O que será que tem lá? Só num posso cair. Tenho que descer bem devagar. Acho que tem quantos degraus? Acho que tem com certeza mais que infinito. E menos do que muito infinito. Mas com certeza é bastante. Presta bem atenção. Olha o degrau ele quadrau. E agora já tô mais perto mas ainda bem longe. Cavalinho, aí em cima, me escuta Cavalinho, pode ir embora e ir com o cavaleiro, que eu vou descer mesmo. E acho que descer vai demorar talvez trezentos mil anos ou um pouco menos. Tomara que seja menos, mas aqui eu acho que não tenho nada pra fazer. E acho que descer escada eu gosto. O que tem lá ainda não sei. Mais um degrau. Mais um degrau. Mais um degrau. A vista daqui é a mais bonita que eu já vi e também é a mais alta. Eu num posso cair mas eu num tô com medo. Acho que porque eu tô bem fundo no alto. Que nem mais alto que avião. Se passar um avião eu aviso que tô aqui em cima. Se tivesse um paraquedas ia ser melhor. Vovô pulou de paraquedas papai falou. Tomara que ele ainda tá caindo faz cinquenta ou cem anos por isso que eu não conheci ele. Parece que eu tô mais alto agora. Quanto mais eu desço tá ficando mais alto. É o claro escuro fazendo bolha. É o zero algo sim. Fala mosca cás cás cás. Então eu vou subir pra chegar mais baixinho. E talvez eu chegue bem no chão. E todo mundo deve tá esperando pra ouvir o discurso. E vai ser muito bom porque eu já vou fazer o discurso com todo mundo vendo. Se eu tiver um papel no bolso, eu tenho, e essa canetinha aqui, porque então eu vou escrever que podem ir se juntando mais ou menos aqui embaixo todo mundo e todas as pessoas porque daqui a pouco eu vou chegar e fazer o discurso. Agora é só eu jogar e deixar cair. Ah, não. Se eu deixar cair daqui a pouco o bilhete vai chegar só muito mais alto. Então tenho que jogar infinito pra cima pra ele subir pra baixo. Um dois e já. Ixi, não foi tanto. Vou tentar de novo mais forte. Ixi, também num foi. Vou tentar agora muito mais forte pode ser com a máxima força. Nossa dessa vez foi menos que todas. Ah, então eu vou ter só que jogar com a mínima força que é zero, mas é o zero algo. Aí com certeza vai ser que nem a máxima força e vai subir pra baixo e chegar e cair bem no chão. E vou mirar torcendo em pensamento pra cair perto de ninguém pra ser que na verdade cai perto de todo mundo, mas o zero algo e o claro escuro não é isso eu sei. Porque se é não dá pra falar. Eu não preciso falar, eu só preciso lembrar. Continue a descer subir. Continue a subir descer. Pro tempo correr bem parado paradinho. Pro tempo parar passando inteiro. E eu vou chegar na ce ce ce bolás.

    acordei? cadê a moça? agora eu tô acordado acho, será que eu vou ficar muito aqui? como era o nome dela? eu num quero esperar, desses sonhos é muito estranho mesmo que não acho que é sonho totalmente, mas a escada era mais bonita que aqui, aqui é muito frio, acho que já tô me sentindo bem pra ir embora, será que eu consigo fugir ou espero pra ver o que ela vai falar, é Paloma lembrei, acho que ela é legal, será que o Ananias? eu num quero, quero que, tomara que ele tá vivo, mas acho que falou alguma hora ou foi na escada que eu descobri, ele com certeza tava na minha lista de melhores amigos, pelo menos entre os cinco primeiros ou entre os três primeiros, a Araci vai ficar muito triste se, será que já falaram pra ela? tomara que meu pai num sabe da batida, que se não ele vai ficar muito preocupado e não vai deixar eu sair mais de casa com certeza, mesmo que eu tô melhorando e sendo melhor com certeza porque eu já aprendi muito sobre as pessoas e agora talvez sei quase tudo, mesmo que tem mais pra aprender, e acho que também é às vezes bom ficar parado aqui descansando um pouquinho que eu tô muito cansado, mas assim parece que eu num ligo do Ananias de ter certeza ou quase certeza que ele, mas eu já sei, mas parece que mesmo que eu sou Deus que num dá pra as pessoas não morrerem, principalmente se eu gosto da pessoa e principalmente se eu gosto muito da pessoa, mas eu acho que com certeza eu ainda vou encontrar uma pessoa que eu gosto muito e talvez um amigo que eu gosto muito também e ele vai viver muito que nem eu, sem morrer, e acho que essa menina é a Bia Lobato e o menino é o Miliguel, mas melhor eu não pensar ainda pra não mandar eles pra fila da morte, porque se eu gostar muito talvez eles vão pra fila, acho que no final eu gostava mais do Ananias porque acho que ele gostava também bastante de mim e a Bia Lobato e o Miliguel eu tô conhecendo ainda e acho que com certeza eles vão gostar muito de mim, principalmente quando eu já for conhecido e tiver falado o discurso, acho que eles vão me achar muito legal com certeza, e nossa com certeza a gente vai brincar muito e talvez a gente pode cantar música e fazer um concurso de músicas novas, eu com certeza ia ganhar, mas acho que vou deixar eles ganharem, é acho que vou fingir que tô sem ideia nenhuma de música nova pra aí qualquer uma que eles cantarem eu vou aplaudir bastante pra eles verem como é legal ganhar e como é legal quando as pessoas gostam, e talvez só mais depois quando eu e a Bia a gente já for casado que aí eu vou cantar minhas músicas, principalmente quando a gente já tiver nossos filhos aí a gente vai cantar junto pelo menos várias vezes e acho que com certeza eles vão ser bom de inventar música legal, pelo menos uminha, mas talvez formar uma banda de família num quero porque gosto mais de ter minhas músicas que são só minhas e se eu ficar cantando as músicas deles vai parecer que eu inventei umas que não são as melhores, mas primeiro tenho que fazer o discurso muito bom, e depois só cantar sem me verem meu rosto, igual eu tinha pensado antes, é acho que essa ideia é boa com certeza, o Ananias ia gostar de ir no meu show e eu ia gostar muito de ele ir e a mamãe também principalmente, talvez eu ainda num sei mas tenho logo que pensar no jeito de ninguém morrer e preparar a coisa de ter pelo menos cinco amigos, acho que isso se for regra já é fácil, mas vai ter que ter que esses amigos ia ser proibido de ir muito longe muito tempo, da próxima aula qual era que eu parei, acho que tanto faz porque tem que revisar várias vezes pra ser perfeito, mas depois do negócio de ter apoio e ter refúgio tinha também a coisa ser sempre uma pessoa que ajuda igual ou a mesma coisa que você quer que as outras pessoas também ajudam você, mesmo que eu num sei se devia ser totalmente só assim porque talvez pra saber isso eu preciso conhecer mais algumas pessoas muito como elas são e aí eu vou ter certeza, mesmo que eu meio que já sei totalmente quero saber melhor, regra de ouro acho que não é nome legal porque diamante é melhor, mas se já tá valendo então a Paloma e elas tem que me tratar como eu ia querer, mas talvez elas não sabem, porque eu ia querer que todo mundo podia fazer o que quisesse, então se elas também querem isso então talvez eu posso ir embora já sem avisar, só vou esperar elas pra ver se preciso tomar algum remédio porque tô bem cansado, mas talvez é de ficar muito deitado igual meu pai fica, ela tá passando. Moça. Moça. *Oi querido, decidiu?* Decidiu o quê? *O que você prefere, franguinho ou carninha? Menino, cê sabe que a Meire falou que você não ia voltar. Mas eu sabia que ia. Eu te juro por Deus que eu sabia. Que eu sou boa com essas coisas. E eu rezei pro meu anjo da guarda falar pro seu anjo da guardar te acordar de um jeito ou de outro. Que é assim que precisa ser sabia, que você só pode falar com o seu e ele que tem que falar pro anjo das outras pessoas. Mas eu logo vi que você era especial. Quando você falou Deus eu me tremi toda. Te juro por Deus ele mesmo. Você sabia? Que foi você só acordar um pouquinho, a gente perguntando seu nome e você falou assim: "Deus!", como quem diz o que importa é ele, não sou eu. É que ele é poderoso demais não é não? Ave maria. Eu vou te contar que tem um médico que não gosta que eu fico rezando pelos cantos. Mas eu rezo mesmo assim, que é o certo e o certo não se discute. Onde já se viu brasileiro não rezar, nem que seja uma Ave Maria ou um pedido assim pra Iemanjá no fim de ano ou ter assim um São Cosme e Damião em casa. Mas ele é todo metido mesmo. Mas é boa pessoa, coitado. Só que é muito fofoqueiro por demais. Como pode um homem doutorado desses não aguentar guardar uma fofoca. Eu acho é que ele é muito sozinho.* Carne pode ser. *Tá bom querido, descansa, meu bebê, descansa que você vai ficar bom logo. Eu já vou trazer. E se você lembrar de alguma coisa você chama a gente e fala, tá? Que logo a gente trás sua mãezinha aqui, seu paizinho, é só você lembrar um pouquinho. Se precisar de água ou qualquer coisa assim também é só apertar aqui, oh vê se você alcança. Alcança, né? A outra menina que vem depois de mim é a Paulinha. Você conheceu ela já também? Paulinha e Paloma, é fácil de lembrar. Mas se trocar nosso nome não tem problema não. Acho que você só dormiu no turno dela,* não foi? Mas não se preocupa não que ela é um amor também, só fala muito baixo, chega a dar raiva. E a Meire é a que fica mais ali pelo corredor. Eu já falei dela? Ela é atentada, vive querendo atentar os médico, os enfermeiro. O João ele é casado mas eu acho que ele e a Meire ó. Mas deixa isso pra lá. E por último tem também só a Rô, que é a que vem mais de manhãzinha. Mas às vezes a gente muda. A Rô é um amor também, só é meio intrometida. Mas é ela é quem sabe mais de todas. Não fala que eu falei isso não, senão ela vai querer se intrometer ainda mais. Mas não vai ter jeito, que de um jeito ou de outro logo ela vai ser chefe da enfermagem. Pelo menos eu acho. Num dou dois anos. Mas todas são boa gente. E todas elas é só chamar que a gente vem correndo, tá? O moço ali do lado seu o nome dele é Jeremaicom. Jeremaicom, eu te juro. Ele tá dormindo, preocupa não. Assim mesmo Jere-Maicom. Tá judiado, coitado. Precisava ver, a moça mulher dele mostrou uma foto, era até que ajeitado, bonito sabe? Mas ele vai ficar bom se Deus quiser. E ele há de querer. Olha, pra abrir a janela você faz assim. É bom que entra pelo menos um solzinho né? Deve tá com saudades de sair, não tá não? Mas logo você tá brincando de novo. Do que que você gosta mais de brincar? Pera, me chamaram ali. acho que eu consigo lembrar com certeza Paloma e Paulinha, e Jeremaicom com certeza, a múmia Jeremaicom, mas eu não tenho medo, acho que o país dele é a Jamaica porque combina, mais se fosse Jamaicom, por enquanto talvez esse é meu nome preferido, mas de brincar eu ia falar que gosto mais de Comandos, mas acho que eu gostava mais antes que era mais criança, e agora que o Capitão Comandante morreu acho que ficou mais chato, mas se eu tô ficando mais velho tenho que correr bastante pra falar o discurso logo, mesmo que eu não sei se dá pra falar antes de adulto, acho que não mas ia ser bom, porque aí depois eu ia poder brincar um pouco mais, mas também tudo bem que eu ainda prefiro ser Deus e, acho que das coisas assim que seria um pouquinho de reclamar só um pouquinho ia ser só o negócio dos amigos, porque o Miliguel e a Bia Lobato com eles viajar acho que ia ser mais legal ainda principalmente pra eles, mas ainda bem que eles num vieram, porque eles iam machucar mais que eu com certeza, e eu de ter ficado vivo é totalmente mais ainda de que eu sou Deus mesmo que não preciso provar nenhum pouco, e então acho que foi bom o jeito que eu chamei que fez eles não aceitarem de vir, talvez provavelmente eu que salvei eles um pouco, por que se eu tivesse falado de outro jeito ou insistido eles iam com certeza vir, talvez eu vou perguntar pra Paloma, mas melhor não, tenho que ter uma ideia muito boa que é perfeita pra como sair rápido e também não assustar ela e nem as outras, e com certeza não posso falar do papai porque não era pra eu falar do plano, era mais pra eu falar só que eu sou o filho ou contar que eu sou o Deus, senão não ia dar pra ajudar ninguém e ia ser à toa, isso ia ser a pior coisa, mas até que a Paloma é legal e eu talvez posso ficar descansando um pouquinho aqui, acho que ela me acha legal também e acho que ela pode também ser minha amiga porque pelo jeito ela vai querer, no final até que eu tenho bastante amigo legal, e quando tiver todo mundo depois a gente podia chamar Turma do Ananias em homenagem ao Ananias, acho que ele ia gostar, e a gente podia combinar de levar um monte de flor ou churros pra Araci e falar que era de presente dele que com certeza ele ia querer dar esse presente, acho que vou tentar combinar isso com a Paloma, talvez ela podia ser que nem minha mãe a Paloma, tipo muito amiga e cuidar enquanto eu não tô mais velho, acho que ela ia querer porque ela gostou bastante de mim e ela é bem religiosa parece e ela num entendeu que eu sou Deus, mas acho que quando entender ela vai querer ficar bem perto de mim e provavelmente imagina se ela pode cuidar de mim acho que ela vai sim, mas não quero ficar só na casa dela porque eu ia ficar com saudades do meu pai e porque tenho que continuar a viagem, e melhor ser agora, talvez ela podia namorar o meu pai já que a mamãe não pode e acho que a mamãe ia entender tomara, mas não tenho certeza então melhor não, melhor a Paloma ser só minha amiga mesmo, eu acho que eu tava sendo muito burro de pensar isso porque minha mãe podia ficar triste ou podia ficar brava que nem daquela vez e isso ia ser a pior coisa, mas só burro não de menos inteligente, só de que ainda não pensou, mas agora já pensei e foi ufa que bom que rápido pra eu consertar porque nem deu tempo, tomara que também meu pai tá comendo bastante, porque ele come bem pouquinho e acho às vezes que é muito pouquinho, mas disso ele deve saber quanto ele precisa, talvez eu tinha que mandar uma carta pra ele, mas não sei qual que é pra escrever o endereço certinho, mas se eu perguntar a Paloma vai chamar ele aqui, talvez o Jereimaicon sabe jeito de mandar carta sem lembrar o endereço, mas não sei se ele consegue falar, porque ele só fala coisa que não dá pra entender nada, mas vou tentar bastante entender porque aí talvez também se ele precisar de alguma coisa eu posso responder e isso vai ser bom, agora parece que eu tô menos cansado, será que já descansei bastante? acho que descansei bastante mas acho que tava com muita pressa, por isso tinha cansado, mesmo que também do acidente mas acho que nunca mais vou ter pressa e vou andar só na velocidade normal da calma quando a gente tá, e também vou sempre falar com quem tá dirigindo pra prestar bastante atenção e contar as histórias depois, então já diminuí totalmente as chances de ter qualquer coisa, ou se a história for mais importante vou falar pra parar um pouco o carro e aí contar a história toda e depois que terminar voltar a andar de carro, acho que mesmo que tem que parar várias vezes, acho que vai ser melhor, depois do discurso talvez talvez eu falo isso pro presidente de São Paulo e pro presidente do Brasil e também vou falar pra ele falar pros presidentes dos outros países, mas não vou mandar pra não ser como se tivesse bravo, mesmo que eles tem que fazer, mas mesmo se eu mandar eu acho que ia só falar de dica e falar que é uma boa ideia, aí acho que eles já iam fazer, só foi ruim não pensar nisso antes, que eu devia ter pensado aí já avisava o Ananias, e principalmente sendo Deusinho eu já devia saber, não acho que é culpa minha mas talvez é um pouco, só tenho que pensar um jeito de melhorar isso que já foi, é com certeza hiperdifícil mas como eu sou bom de ter ideia boa talvez eu vou ter logo uma ótima e que todo mundo vai perceber que era o único jeito e todo mundo vai comemorar bastante, só que também se eu ficar com pressa não consigo ter ideia nenhuma isso eu já percebi que ideia não dá pra apressar de velocidade, qual será que é a velocidade que ele tava na hora? acho que era mais que cem por hora com certeza e cem por hora já é bastante, era acho que era bem na hora ele falando da Araci, ou tomara, e tomara que ele tava falando bem coisas boas dela, porque se for é como se ele encontrou ela de repente direto que nem do filme azul que fazia isso, e se for assim aí será que ele fica pra sempre com essa sensação ou começa já outra vida ou é céu normal? essa é outra aula que eu tenho que estudar e lembrar de que todos tem o céu ou o inferno e se não for céu e inferno é tipo vida pior e melhor até sair das encarnações ou até ver como que é a realidade e as coisas de verdade, acho que estudar sozinho eu sou bom só acho que tô atrasado um pouquinho tomara que dê tempo, talvez porque eu prefiro ir mais devagar. *Tá aqui sua comidinha, querido. Era carne, né? Come com cuidado, viu? que tá quente. Você quer me falar seu nome querido? Você lembra o seu nome né?* uma uma u Malu, acho que não vou falar Deusinho e nem Malu, melhor eu só não falar, mas é bom talvez eu falar que sou Deus que ela vai ficar mais minha amiga. É Deus. Eu chamo. *Deus é seu nome? Assim Deus mesmo?* É, eu sou. *Que bença, meu bem. Nunca vi. Só ouvi Jesus mesmo, assim de chamar. E seu sobrenome, você lembra?* Só Deus. Eu sou o Filho. *Menino, você pare de brincar comigo. Se você tiver brincando, você pare.* acertei é assim que era pra falar se precisasse muito acho, mas melhor ela não contar pra todo mundo. Moça. Paloma! *Fala, querido. Eu só tô. É. Fala.* Mas não conta e não fala pra ninguém ainda por favor se der? *Que você?* É, num conta ainda, só o Jeremaicom talvez ouviu, mas acho que talvez só ouviu no sonho porque tá dormindo então não vai lembrar. a não ser que ele tá fingindo, tomara que não. *Não. Meu bem. É, a gente pode falar depois? Eu acho que eu preciso falar pro doutor. Não sei, tô confusa. Não sei.* Você pode contar porque eu não mando em você, mas como eu acho que você é minha amiga e gosta de mim eu ia pedir pra não contar ainda, porque eu tenho que fazer o discurso e ainda não tô pronto eu só vou tá pronto depois porque eu tenho que conhecer mais coisas. E se eu tiver que fazer o discurso agora, vou talvez fazer antes aí vai dar tudo errado. *Eu num sei se. Tá bom. Você. Bom, eu não vou falar nada ainda. Mas você tem como, não sei, é, mostrar alguma coisa assim, coisa de Deus? É que, não sei.* Eu com certeza consigo provar, mas não sei se vou provar agora, talvez eu vou provar depois pra você pode ser? acho que vou ter logo uma ideia boa de como provar e com certeza ela vai aceitar, é, acho que eu só devia falar pra pouca gente que eu sou, pra só deixar pra falar pra todo mundo depois, mas também pro Ananias eu falei e ficou Maurinho que ele preferiu, aí só não sei se errei, e isso fez tipo como se fosse um caminho de destino que vai pro outro lado que não é certo, mas isso não podia ser, que senão eu ia ter estragado tudo, e com certeza eu não estraguei tudo tomara, ainda mais como eu sou com certeza consigo arrumar e talvez eu consigo até fazer ele tá vivo de novo depois e também com certeza vou fazer isso com a mamãe, só não sei ainda como, mas isso vai pra lista das ideias ótimas que eu tenho que fazer depois que eu souber tudo, acho que nesses últimos dias com certeza aumentou a lista e já senti ainda mais coisas e talvez já falta pouquinho bem pouquinho pra eu tá pronto, mas falta uma coisa porque eu sinto que falta, só não sei o nome que é, como se fosse aquilo de infinito bem pouquinho, dúvida é estranho e acho que é a primeira vez que eu tenho, mas com certeza num é que eu não sei, é muito bom ser eu, seria bom se todo mundo pudesse ser eu e também saber tudo, mas é legal que eu vou contar, só é ruim que eles têm que esperar, qual é o próximo passo pra eu não demorar muito? talvez não brincar mais pra não perder tempo, e se não conseguir carona ir andando ou correndo devagarinho, tipo numa velocidade que eu aguento bastante mas que também não atrasa eu com certeza consigo chegar na praia logo, será que a gente tá perto de casa ou foi no hospital da praia já? acho que tava no meio, mas o cheiro parece mais de praia, mas pode ser que só parece, porque eu lembro pouco, mas eu tô ficando mais forte ainda porque eu tô sentindo que dói menos agora, acho que o que mais me deixa forte é lembrar que eu já sou bem forte, mesmo que de músculo eu não sou tanto grande se tivesse uma briga eu com certeza ia ganhar porque eu penso muito rápido e isso é bom pra desviar, imagina um soco vindo eu com certeza ia ter ido pro lado e já pensado o que fazer, só não sei com quem que eu ia brigar porque Deus não pode brigar com ninguém, e também não ia querer fazer eles perderem porque aí talvez eu seria do mal e eles iam ser contra mim, mesmo se não for de brigar com certeza umas crianças vão ser menos boas de entender o discurso, porque já ouvi falar que tem crianças muito que não prestam atenção, mas acho que com certeza elas vão ouvir e aceitar tudo porque vai ser melhor pra elas, e acho que uma hora como elas vão gostar muito aí elas vão querer entrar na lista de meus amigos, mas acho que essa hora pode ser que já todo mundo vai ser meu amigo, e aí nem vou ter uma lista porque vai ser todo mundo, mas talvez eu tenha lista sim porque é legal uma lista com todo mundo porque aí talvez vai ser a maior lista de amigos que já teve assim de listas, e acho que vou treinar bem minha memória pra eu lembrar o nome de todos e também talvez a idade e talvez mais alguma coisa que eles escolherem pra eu lembrar, Oi Alfredo que gosta de escorpião, Oi Ana que gosta de docinhos e doce de leite, Oi Maria Mariana que gosta de música rock, Oi Jumbo Clau que gosta de dança de gelo, Oi Carlos Mathias que gosta de cadeira das altas, Oi Cristofer que gosta de maçã raspada, e talvez eu também vou pedir pra eles lembrarem a música das cebolas que acho que é a minha preferida com certeza e acho que vai ser a mais famosa, isso com certeza nesse dia, talvez na hora de agradecer os prêmios eu podia falar: e eu queria agradecer mais de tudo meus amigos, e aí falar o nome de todo mundo só que sem falar do que gosta, vai ficar bem longo meu agradecimento mas com certeza todo mundo vai gostar porque todo mundo vai ouvir seu nome e vai falar pros outros "você ouviu que ele falou de mim também?", é, com certeza talvez vou fazer isso, mas melhor deixar pro maior prêmio e não pra todos os prêmios, agora só tenho que ver qual é o maior prêmio de cantor, acho então que depois do discurso vai ser bem legal, o bom de todo mundo ser meu amigo também vai ser nas viagens que aí todo lugar vai ter gente legal pra fazer toca aqui, mesmo que isso já acho meio de criança então vou cumprimentar mais só dar a mão, a não ser com alguns amigos que eu vou ter toque secreto, talvez vou ter que cumprimentar muito quando ficar andando na rua mas eu gosto bastante de dar oi então não tem problema, esse jogo que tá passando acho que não é Copa do Mundo senão ia ter mais gente, mas não é o Brasil então também talvez por isso, é Argentina mas o outro eu não sei, mas acho que quando eu tiver na Argentina eu vou querer jogar futebol com meus amigos de lá e vou falar que o Brasil é melhor, mas depois vou falar que é brincadeira e que eles também são muito bons, também acho que não dá pra saber quem é o melhor porque ainda não foi pra sempre, mas com certeza é o Brasil só que não vou falar, e acho que o pra sempre vai ser logo porque é depois de agora, mas talvez vai demorar, acho melhor quando demora porque aí acontece mais coisas e parece que não tá perdendo tempo, mas também às vezes dá vontade de aproveitar tudo que vem depois, é as coisas ruins que tinha acho que já acabou porque eu acho que foi pior a da mamãe e do Ananias, mas agora com certeza acabou porque agora eu já sei mais como tomar cuidado e fazer o que é certo pra quem é Deus, eu só preciso ser muito perfeito a partir de agora, porque agora é como se fosse meu momento de deixar de ser criança totalmente, e é muito bom que eu brinquei bastante mas talvez se desse pra brincar só mais umas três vezes e principalmente com ela já ia ser bom de eu não reclamar nunca mais, acho que pensando bem eu tenho que ser mais adulto mesmo e a partir de agora é a hora das mudanças e eu tenho que tomar as decisões mais importantes, senão eu não ia ser Deus, e agora eu já nao sou mais Deusinho, porque Deusinho é muito criança, então acho que já sou Deus principal, e também vou levantar e sair daqui porque tá na hora, acho que a Paloma pode me ajudar ou posso ir sozinho, os dois eu consigo mas vou tomar a melhor decisão que é ir sozinho e vou levantando e só vou por minha roupa, cadê o casaco? tem que ser ele e não posso deixar porque o Capitão adorava ficar olhando de cima, e sem ele é ruim que posso ficar com frio se chover e mesmo se não chover, ah tá aqui, será que eu tô caindo no claro escuro de novo? Será que eu? *Você quer que eu leia, querido?* Eu já tô indo. Eu só preciso terminar. *Pode voltar pra cama, querido.* Amor, os caderninhos. *Você quer que eu leia? Fica aqui que eu pego. Deita, querido, deita.* Eu quero o que tem a capa azul. *Nenhum tem a capa azul meu amor, esse você perdeu faz vinte anos. Vamos ler outro?* Não. O da capa azul. Ele que tem. É ele que eu preciso. *Eu sei mas você perdeu, meu amor.* Não perdi não. Eu perdi o do tigre. Eu sei que tá aí o azul. Eu quero ler pros filhos da Lorraine. Eles tão na idade. Você vê como eles me ouvem? Eles vão entender. Tá na hora. Eu vou achar esse caderno agora. *Amor, já te falei mil vezes, acho que sua filha não vai querer você lendo nada pra eles. Melhor você conversar com ela antes.* Minha Lorraininha não manda em mim, vai ser bom pra eles. Por acaso ela não sentou e ouviu tudo? Por acaso você não sentou e ouviu tudo? Mas ela também tá entendendo ainda, é assim, meu amor, demora. Mas deita, deita que eu já vou. ela não dorme enquanto eu não voltar pra cama, acho que ela vai fingir que tá dormindo, será que ela finge outras coisas? isso de dormir com certeza ela finge, e se finge uma coisa porque não ia fingir as outras? mas também se não finge, é pior, se ela não finge então ela não gosta de mim, até porque ela não quis viajar junto, ficou rindo com as amigas, ficou rindo de mim, será que ela tá comigo pra depois ficar rindo? a Julieta entrava na cabeça dela, mas ela era a mais popular, ela era mais popular que a Julieta com certeza, eu fiquei com a mais popular, disso não podem falar nada, eu voltei e consegui, isso não é a prova de que eu sou quem eu sou? só que eu tinha menos raiva, acho que Deus tem que ter mais raiva e inveja quando envelhece, deve ser isso, só pode ser, senão não seria o caminho certo, mas não é inveja, isso não é inveja com certeza, porque inveja significaria que alguém tem uma vida melhor do que eu, como alguém poderia ter uma vida melhor do que Deus? a única chance era se fosse todo mundo, se todo mundo tivesse uma vida melhor do que eu, se eu não gostasse de ser Deus, mas eu amo, eu ainda amo, não teria porque não amar, será que eu ainda vou ser cantor depois? se eu quiser com certeza, mas não sou mais tão bonito, o principal é ser bonito pra ser cantor, acho que eu sou a pessoa menos bonita da terra, mas acho que eu fiz minha cara ficar feia, sim, deve ter sido para todo mundo se sentir um pouco mais bonito, tipo "olha lá a cara feia de Deus", "eu sou mais bonito do que Deus", é, é, para ser feliz o importante é ser bonito, e todo mundo é um pouco mais feliz pela minha cara feia, mas minha cara feia convenceu a minha Lobinha, Lobinha ficou com o Deusinho e agora está com o Deus da cara dobrada, qual é o caminho agora, mãe? é ler pra eles, não é? é fazer o discurso não importa o tamanho e o jeito, é isso não é? acho que é, não é mãe? o grande palco deve estar escondido em algum canto do tempo, claro que eu vou encontrar, só quero entender se o discurso é picotado mesmo, só pode ser, mas eu via o palco e todo mundo na minha frente, porque não cheguei ainda no palco, mãe? aqui! tá aqui o caderno, eu sabia que ia achar, isso com certeza é uma prova de que eu ainda tô no caminho certo, minha Lobinha é que é meio desconfiada, acho que ela não queria que eu fosse Deus, deve ser difícil pra ela, deve ser difícil pra todo mundo não ser Deus, eu tenho que compreender, vou fingir que nem sei que ela tá fingindo, vou entrar bem devagarinho aqui, puxar o cobertor sem mexer muito, e nem vou acordar ela pra falar que achei, isso é uma coisa boa uma coisa de quem é Deus e se importa, melhor eu esconder ele aqui no canto, será que ela que tinha escondido? acho que isso ela não faria, não isso ela não, minha Lobinha, onde será que o Miliguel foi parar? amanhã cedo eu vou falar para aquelas pecinhas, será que amanhã cedo é a peça do dominó que derruba todo o resto? acho que uma hora eu vou sentir como se eu fosse parte da onda que empurra tudo na direção certa, e eu acho que eu vou ser onda inteira, é, acho que vai ser amanhã cedo, eu tô sentindo e minha intuição sempre foi a melhor, que bom que eu ainda tenho a melhor intuição.

manchado de sangue no sol da manhã eu bebo o que ele derrama em mim, e por acaso, como sempre, ele derrama a vida inteira sobre mim, essa podia ser uma música também, mas seria outro estilo, acho que iam gostar se eu tivesse umas músicas mais inteligentes, pelo menos só pra não parecer que eu não sei que as minhas principais são mais simples de letra, só pra não acharem que eu não sei fazer música inteligente, acho que nunca iam achar isso de Deus, mas é bom ter certeza, acho que ela tá acordando, eu sempre acordo antes dela, eu sou bom em perceber o tempo dormindo. Lobinha, você tá tão linda hoje. *Para, eu sei que eu tô horrível.* Minha Lobinha, tão linda. Quer alguma coisa pra comer, meu amor? Descansa que eu vou fazer. Ah, e olha isso, eu achei o caderno. *Sua filha não vai querer que você leia. E pode ser um pãozinho na chapa. Obrigada.* pãozinho, pãozinho, pãoxinho, pãoxino, pane le pane le pane paná, questa cancione io criati acora, acorita mesmo de mio cuore, e a invenzione foi inspiratta por mia Lobinha, si, mio grandi amor, muito muito obrigado pelos aplausos, sim, mesmo sendo de pão italliani é uma canção de amor, como disse? se não são todas as canções, canções de amor? sim, todas as boas, mesmo as que não são de amor, isso é de alguém acho, eu já ouvi, mas eu devo ter enviado pra essa pessoa antes dela nascer algo, algo assim, essa frigideira acho que melhor trocar, eu podia ajustar sem problemas, mas ia chamar muita atenção e quebrar o discurso, acho que Deus não é quem arruma frigideiras, hoje não, outros dias pode ser, Deus é quem serve o café e fala o discurso fazendo seus netos chorarem de emoção, o melhor é comprar uma nova e pronto, uma frigideira nova para mia queritta, pane le pane pãoxino para Lobina, loggi fica pronti, minha lobina cani corsa mui bravata non atcha que Lorraininha vai mi detchare falache, aliássi que horas será que a Lorraininha chega? uma contagem regressiva do infinito, essa é bomba relógio, e no fim nasce quién, el amor or la vita? Lobinha! QUI ESTÁ TU PANECITO! *Brigada amor. Um cafézinho será que daria? É que o seu é melhor.* Sem problemini. Non preccisa nem falare duas vecces minha Lobita. Café de Dio sai em due minuti. ela não gosta que eu fale italiani, e ela não me ama, mas ela ama a vida comigo, eu amo ela mas não amo a vida com ela, a bolha completa, o círculo sim e não, se bem que a bolha completa sempre é um geoide, um geoide irregular, nos avisaram, nos avisaram ou fui eu que avisei todos nós? ela faz cara feia quando eu sou o Deus natural, faz cara de nojo minha Lobinha, e eu só quero que você relaxe, você tá em casa minha Lobinha, eu devia falar isso pra ela, você está em casa minha Lobinha, pode relaxar, eu não, eu não tô em casa como ela, eu preciso ainda falar com o mundo inteiro e a verdade é que o tempo tá começando a passar mais rápido, como é mesmo o nome do tempo? que nem a bola no final da ladeira, eu lembrei tudo e fiquei calmo, mas não lembro que dia foi, é, eu vou contar pros filhos da Lorraininha, não quero nem saber, posso falar "Lorraine, você ouviu com essa idade. Ouviu tudo. Por que é que eles não podem ouvir? Eu quero contar como foi. Eu vou contar como foi, minha Lorraininha, eu sou aquele que conta!", mas não vou gritar, não, não vou gritar não, ah que saudades de ouvir a mamãe falar Meu Deusinho, minha mãe, minha mãezinha, você podia falar só uma vez, né? se eu ouvisse mais uma vez, acho que encontraria todo o caminho, eu encontraria, mãe, eu contaria o discurso em um segundo, eu contaria tudo e todo mundo ouviria e entenderia, como um grande quebra-cabeça de peças de papel, um quebra-cabeças um tetris tão divino e tão leitoso, se encaixando iluminado, talvez você ia querer que eu falasse teu nome também né, mãe? eu falo seu nome mãe, seu nome, qual era o seu nome? ah, meu Pai, o nome dela eu não posso esquecer! isso eu não posso, pelo amor de nós todos, isso eu não posso esquecer. Tá aqui o café, meu amor. *Brigada Malu. Mas para de falar com essa voz de italiani que já deu.* Você falou "italiani", que belezza! Linda, a Lorraininha falou que horas vai chegar? *Agora cedo querido, eu acho. Ela falou, mas ela é igual você. Então não dá pra saber.* Se ela falou que ela vem, ela vem. Só talvez atrase. meu Deus, qual era o nome da minha mãe, isso eu não posso esquecer, eu sei que Deus tem que escolher suas batalhas, todas, de preferência todas, e todas ao mesmo tempo mas com tempos diferentes, entende Senhor Sim? entendo, aquela coisa de somos sempre o contrário e também isto na primeira face, acho que tô falando igual meu pai naquela época do final, mas ele não tinha virado como eu virei, eu virei, não virei? ele nunca foi, só um último: a certeza é uma faca mole, sim, todo nenhum poder àqueles que acham, como areia na peneira peneirando o mundo, mas embaixo é a mesma peneira. Tocou a campainha, num tocou amor? Não deu pra cozinhar nada pra elas. *Você atende, meu bem? Eu já já levanto, já já vou dar oi pra elas.* No seu tempo crocodila, no seu tempo lobinha venerável. *Para com essa invenção insuportável, Malu.* Vou atender, vou atender. Elas não param de tocar. JÁ VOU JÁ VOU MINHA TEOGONIA INTEIRA, JÁ VOU LORRAININHA! Tô abrindo, tô abrindo. ué, não tem ninguém. Não tem ninguém, amor, não eram elas! é isto a vida: confundir quem está na porta, é isto a vida: esperar um filho e atender um vizinho, um ninguém, é isto a vida: ver os filhos chegarem mas não agora, um motociclista como eu pilotando a vida em direção a tudo, ou abaixando a cabecinha e oferecendo ao machado do nada, como disse o santo, algum santo, Agostinho? minha Lorraininha chega logo, eu quero contar pro cara larga, como chamar o turnaround um zero. *Paaai! Vem ajudar a pegar as coisas deles.* Ah, são elas sim, amor! Tavam no carro. Já vou Lorraininha, tô indo, querida. Ahhhhhhhh, minha Lorraininha, minha Deusinha vem aqui, deixa eu te dar um beijo. E vocês!? Vem aqui cara larga! É, que carão, hein, Maki? Você é um tanque garoto, um tanque antiguerra. Um senhor tanque antiguerra! *Paaai!* Que foi, Lô? *Não fala isso.* Eu falei antiguerras, filha. Anti! Fica tranquila Lorraininha, eles vão sobreviver. Agora vem aqui você, Julia! Cadê minha madame cabecinha esbugalhada. Minha rainha espivetada. Vem cá minha cabeça de espuleta! Powwww. Foi você? Foi você que explodiu? *Eu não, vô. Num expludi.* Lorraininha, hoje eu vou contar pra eles. *Pai, não começa. Você não precisa contar, você já contou pra mim –* Contar o que você vai, vô? *– É, vô, que que você vai contar?* Tá vendo? Eles querem saber, minha Deusinha, eles querem. Como é que eu não vou contar? O discurso é assim. Isso também é o discurso minha linda. Lobinha! Lobinha, vem cá que as crianças chegaram. Quer suco, cara larga? E você, cabecinha de bugalho? Querem, né? Eu vou pegar. Se preparem, hoje vovô vai contar. Se preparem. Já venho, já venho. *O vovô vai contar o quê, mãe?* com certeza eles vão gostar, com certeza eles vão gostar, com certeza eles vão gostar, é o discurso, a roda rodando, Ananias, ananás. Crianças, vocês querem abacaxi? *Nãao, vô! –* Não, *pai, brigado, só suco tá bom pra eles! A gente não vai ficar muito.* Tá aqui o suco. Como assim não vão ficar muito? Deixa eles aqui, busca amanhã. Ou à noite. *Tá bom, pai. Conta o que você quiser. Eu sei que você não vai sossegar enquanto não contar.* Você sobreviveu não sobreviveu, Lorraininha? *Tá bom, pai, só conta o que você tem que contar e depois promete que você vai deixar eles crescerem em paz.* Eu, como o grande Eu, prometo solenemente deixar eles crescerem. Pronto, juramento aceito pela grande grande muito grande Deusa Lorraininha? *Ah, vai se fuder, pai. – Mamãe falou palavrão! – Julia, Makibum, vem cá. Vocês vão ficar aqui com o vovô. Ele vai contar uma história, daquelas histórias dele, só é mais longa –* A gente gosta, mãe. *– Qualquer coisa vocês chamam a vovó ou me ligam. Mas é só uma historinha. –* Não fala isso, Lorraininha. *– Vocês ouvem e guardam o* que tiver de bom. O que tiver de ruim faz o quê? *– Amassa e joga fora, mãe! – É, mãe, e amassa e picota bem picotado e joga no lixão lixoso. – Isso mesmo, minha linda. – Mas eu acho que a história vai ser legal e muito boa mãe. – Dá um beijo, lindo. Vem Julinha, abraça a mamãe. Se cuidem. Mais tarde mamãe tá aqui. Pai, eu vou indo então, tá? Desculpa passar tão rápido. Eu num quero ouvir tudo de novo. Promete que vai fazer eles se sentirem felizes?* Minha filha, a felicidade não é uma peça de roupa. E fica tranquila meu amor. Eu vi seu rosto. Eu vi seu rosto minha Lorraininha, como posso te pedir mais? acho que ela escreve a verdade sem minha pretensão de cego. Tchau, querida, volta com cuidado.

MADAME JULIA! SENHORITO MAKIBUM. Também conhecidos como Senhora Espuleta e Guerreiro Cara Larga. Estão prontos para entrar no reino da memória? Eu disse: ESTÃO PRONTOS PRA ENTRAR NO REINO DA MEMÓRIA? *Sim vô, sim! Sim! A gente tá prontos!* Power to the pimpolhos! Ajeitem-se, ajeitem-se nas cadeiras, vamos começar a grande viagem. Só vou pegar o caderno precioso, onde tudo uma vez foi escrito. Apenas uma vez e para sempre se espalhar pela memória da grande realidade! Aí vamos nós. Já venho. caderninho, caderninho, caderninho. Lobinha, o caderninho. Você mexeu nele? *E eu lá vou mexer nas suas coisas, meu amor? Já reparou que você sempre me culpa?* Esse é o caminho do discurso mesmo, não se preocupa minha Lobinha, vai ficar tudo bem. *Ah, francamente Malu, não vem dar uma de superior com essa história de novo. Eu te amo não é por isso, é apesar disso. Eu só não vi o seu caderninho e só não sei se você devia continuar passando essa loucura pra frente. Você tá linda mesmo hoje, minha Lobinha, tudo isso é o caminho natural. Ah, vai se fuder.* essa não é ela, a Lobinha não me manda se fuder, a Lorraininha sim, acho que ela ouviu a Lorraininha me mandando. *E tá aqui oh, seu caderno, atrás da luminária. Achei. O próprio sábio de todos os mundos não consegue achar uma coisa tão fácil. Vai lá, confunde os seus netos. Coloca suas historinhas na cabeça deles.* isso também é o discurso, o barulho da máquina enguiçada é o que constrói a máquina nova, como a boca o abre fecha, minha lobinha é tão linda, como era mesmo o nome da minha mãe? só queria que a Lobinha parasse de gritar comigo desse jeito, olha lá que lindos eles querem ouvir. Ahá! Voltei! Aqui está o caderno azul. O grande caderninho azul. Vocês estão prontos para ouvir? *Estamos!* Vocês estão prontos mesmo? *Tamo sim, vô!* – *É, totalmente prontos!* Qual é o caminho de Deus, Senhora Espuleta? Qual é, Guerreiro Cara Larga? Não sabem né? Nem Deus sabe. Mas o caderno sabe. Pera só um pouquinho que o vovô precisa sentar, chama a vovó chama, o vovô só prec – *Acho que ele tá fingindo.* – *É de verdade cala a boca sua idiota.* – *Vó! Ô Vó! O vovô desmaiou. Vó, vem logo, o vovô desmaiou!*

Eu caderno bem bloquinho. Eu letras miúdas, minha prole cara larga, minha espuleta. Onde é que é esse som? De novo, de novo, de novo eu tô caindo e só preciso lembrar. Só preciso lembrar a primeira linha do caderno. Só preciso lembrar a primeira linha do tempo. Quem sou eu acho que é a resposta. Mamãe vai me dar parabéns? Eu tenho que subir na escada de novo? Eu tô cansado de subir escada, esses degraus ainda? Ah, mas minhas pernas são de criança, parece que eu tenho energia, essa escada eu não tinha subido? Eu tinha subido. Subir pra chegar lá embaixo. Até abrir eu tô chegando, mas só preciso lembrar, o que era mesmo? É o abre e fecha. É o som bem quieto bem quietinho, meus Deusinhos. Todos meus filhos. Meu Deusinho papai é tão pequeno. Minha Deusinha mamãe é tão pequena. Alguém vai tirar essa abelha do meu peito ou vou ter que, vocês sabem. Pode tirar por favor? Se eu quiser eu consigo tirar sozinho, enfiar o dedo no meu peito mas vai sangrar muito e eu tô com medo de gostar. Ufa, acho que tô ouvindo o som do carro do Ananias. Que bom ele já tá chegando, ele demorou muito, vou falar isso pra ele. A gente vai ver a Araci e ele vai ficar muito feliz, nossa eu vou ficar tão feliz também. A Bia Lobato é mais bonita que a Araci, mas a Araci é mais bonita também. Acho que vou chamar a Bia Lobato de Lobinha e acho que ela vai gostar. Ananias! Ananias, para o carro! Ananias! ANANIAS! Ele não me viu. Acho que eu perdi a carona pra sempre. Preciso avisar meu pai que tá tudo bem só que talvez eu nunca mais volte e ele vai ter que descansar até envelhecer e depois envelhecer mais e depois mais e depois mais e eu nunca mais vou poder fazer um lanchinho. Eu preciso avisar, será que ele tá em casa. Eu não lembro como é a cara dele. Mas eu lembro que tenho que lembrar, isso já é muito importante e quase tudo. Eu sei mas num lembro. Eu sei mas num lembro. Isso é que é ser Deus. Acho que vou contar todos os meus segredos pra Lobinha, porque acho que não vou aguentar não contar, acho que o olho dela é o olho da Araci, por isso que eu não consigo não falar tudo. Só que agora eu num sei onde ela foi. Tomara que ela não esteja com o Zé Ferrério. Naquela época eu talvez não corria mais rápido que ele porque eu tava sem treinar, mas agora que eu andei bastante e sou mais velho e fiz bastante exercício, acho que eu ganho com certeza até dos corredores mais rápidos. Eu já tô andando faz quanto tempo? Talvez dez anos ou uns doze, acho que minhas pernas estão gostando. E agora que eu falei isso elas pararam de gostar. Ah, isso significa que eu cheguei. Finalmente eu cheguei aqui e vou escrever a boca do caderno como se fosse o Sol porque acho que o caderno azul é o Sol mesmo. O discurso solar. Eu tô com frio e tô com muita raiva dessa abelha porque eu queria amar ela mas eu não consigo. Parece que aqui eles vão me ensinar. Aqui eles ensinam a ficar quieto. Isso é que é um verdadeiro templo? O lugar o lugar onde as pessoas não andam e não falam? Eu vou entrar.

  Vou escrever o caderno de memória, sem caderno e sem lápis. E o caderno diz: o primeiro dia é dia do homem corcunda. Ele me recebe e me diz que não há posição perfeita para as pernas. Elas vão doer não importa o que eu faça. A pergunta é como eu vou lidar com a dor e não qual é a posição certa para as pernas. Eu sou um lutador, eu sou o grande clichê ambulante. Mas correr por dentro do clichê não tem sabor de clichê, tem sabor de instinto animal. Como é magrinho esse corcunda, será que ele consegue desdobrar esses joelhos? Parecem enguiçados, eu te digo isso, parecem enguiçados como uma velharia. Mas a cabeça dele parece bem leve. Bem levinha, isso eu não tenho. Não tenho mesmo uma cabeça de algodão. Agora essa luz. Nunca vi uma barba tão escura, quase azul. Os ombros dele parecem curvados pra dentro. O homem do coração escondido. Deve ser, porque assim o peito é uma gaiola. Só vinte e seis anos? Eu preciso ensinar ele a ser mais novo, mas num vai dar tempo. Falar ele fala grosso e vivo. *"Eu sento assim. Foram anos de pesquisa até encontrar essa posição. Mas não dá pra saber".* Vão ser entre dez e onze horas sentado por dia. Eu aguento porque eu sou Deus, mas talvez seja bom eu me preparar direito, melhor que todos. *"Assim ó"* quatro almofadas ao invés de uma. É muito mais confortável mesmo. Acho que consigo ficar sentado assim pra sempre se eu quiser. Mas com certeza provavelmente não vou querer pra sempre. A Paloma era a enfermeira mais legal, tinha boca de cobra que ri. Palomitas minha comparsa where are you? Não pode levar celular nem nada? Tá bom, eu quero fazer o curso do jeito certo. E nem um caderninho, né? É, eu sei. Só pensei. Não vou falar pra ele senão vou ter que contar tudo e quando a gente tiver em silêncio ele vai ficar me olhando e pensando como é ser Deus. Vai ficar pensando isso em silêncio. E vai ficar pensando como é pra Deus ficar em silêncio. Ou vai pensar no que que será que eu tô pensando. Aí talvez eu vou pensar que tinha que tá parecendo mais Deus. E aí não vou aproveitar da forma ideal. E o caminho ideal é o discurso, então não posso errar. Que bom que previ isso também, então sigo no caminho ideal. Não, o celular já deixei lá. Não, remédio não tenho. 19b? Tá bom, obrigado. Provavelmente com certeza o quarto 19b é o quarto que deveria ser. O quarto pra grande, não sei como chamar, como chama transformação sem palavra? Então que sorte que eu peguei ele. Se não for, com certeza vai virar. Mas talvez não são todas as coisas que precisam estar alinhadas, talvez são só algumas. Isso é difícil de saber antes da hora certa. Vou saber melhor ainda logo logo. Tô com uma sensação de não sei puro. De leite frio com veia de abelha. Oi, tudo bem? Sal? Legal, nome de som esticado. O Sal tem jeito de abelha, mas a cara dele é do Brad Pitt. Acho que é o cara mais bonito que já vi. Tomara que ele seja um bom companheiro de quarto. Mas não vou achar ele sexy porque não sou gay, mas talvez eu acho ele bem bonito mesmo. E talvez sexy também, mas sem vontade de beijar, então com certeza não sou gay eu acho. Tomara que eu não fique com vontade de beijar ele. Mas se eu ficar talvez já tenho que decidir. Será que deus é melhor ser gay ou não? Talvez seja melhor ser todos sim e não. Mas talvez isso eu ainda vou saber como. O sino. O sino tocou. Começou o silêncio. Agora é ficar bem quietinho. Que bom que já não falo muito e também eles iam querer ficar ouvindo muito minhas histórias. E principalmente ouvindo como é ser eu. Mesmo que quase totalmente certeza que eu vou aprender bastante todas aquelas coisas que sei sem saber falar. Mesmo que eu não lembre meu nome, eu vou lembrar e falar pra mim na hora certa, e com certeza vai ser a melhor hora. Não precisa lembrar quem é toda hora. Duas camas de solteiro com redes pra não entrar mosquito. Os da malária eu tenho mais medo, o da outra doença qual era mesmo? O cabelo comprido do Sal é bem de alemão, mas achava que ele tinha menos que trinta e cinco. Achava que ele tinha uns vinte e cinco. O pessoal também falou que ele parece o Brad Pitt. Mas agora ninguém pode falar mais nada, começou o Virtuoso Silêncio. No fundo acho que a abelha ainda tá picando meu peito. Mas eu não devia pensar isso agora, agora eu tô saudável e vejo tudo mais claro. Mas eu sinto que eu preciso pedir até ela escutar, senhora abelha pare de picar meu peito, por favor? Cenoura abelha, pare de espicaçar? É que nem limbo aqui essa parte do curso, que é só esperar e não começa. Comunicação zero. Não fale, não gesticule, não troque olhares, faça o curso como se estivesse sozinho. Tá bom, tá bom, tá bom, já tô fazendo. Limbo, limbo on the wall, who's the baddest of them all? Acho que agora passou bastante tempo e vai começar. Acho que o pior ia ser se eu me apaixonasse pelo Sal. Como eu ia falar pra Bia Lobato? Vai começar o vídeo. Vou ouvir bem. É, acho que sou o que tá mais prestando atenção, porque eu já tô acostumado e já tive muita aula, com meu pai eu prestava atenção total. Igual daquele dia. Esse professor fala bem grave. *"Este é o grande caminho. Este é o caminho."* Ele fala bem grave e bonito. Mas eu talvez que devia falar. Ele quase não cabe na tv. Por que ele fica em pé? Talvez sentado ia parecer que não liga pra os alunos. Quanto mais eles falam que não é uma seita mais parece que é. O problema é que seita é sempre uma parte só, eu acho. E uma parte é o contrário do tudo. Mas vou acreditar por enquanto em nada. É, e depois eu decido. Fazia tempo que eu não fazia um acordo comigo. Quando ele fala dá vontade de ouvir bastante. Só essa tv que parece filme de terror, podiam por uma tv melhor e essas paredes são muito velhas a tinta tá saindo, assim também dá medo. E podia ter um ventilador que tá bem quente. Mas tudo bem. Melhor eu não olhar pras meninas. Tô com vontade. Mas só uma olhadinha tudo bem. É, agora tô morrendo de vontade. Beleza dói mais que abelha. Vou parar e não olhar nunca mais até o final do curso. Acho que a aula já tá acabando. É acabou mesmo. Nossa que dia longo hoje, não dá pra saber onde o tempo se escondeu. Vai ser bom dormir. Bi bop alura, bi bop alura, bara babi bop alura, bi bop, bara babi bop alura. Mosquito. Tomara não seja de malária. Ainda bem que tem tela. Essa tela é exatamente a tela de casamento antigo. Dos de filme que eu já vi. Tela de casa de americano do interior. Ou tela de berço de bebê que precisa de exorcista. Eu sou o bebê então. Não, isso não. Não, não. Nada disso. Bi bop alura, bara babi, bop. Tela única de curso de meditação onde Deus encontra a resposta. Mas a resposta que já sabia que tinha, mas precisava alcançar assim desse jeito. É isso que essa tela é. É tela de mosquitos de curso de meditação feita pro conforto de Deus quando vai encontrar a resposta. É parecida muito com a tela de meditação do Sal, para ninguém de nós pegar malária. E ninguém vai pegar. Eu falo isso e é um comando pra realidade. Acho que tô conseguindo isso já. Obrigado. Eu não devia ter pensado obrigado porque ele desligou a luz. Pelo menos não pensei boa noite. É que sou muito educado. Mas se for pensar obrigado toda vez que ele apagar e acender a luz, todo dia vou me comunicar. É comunicação, não posso mentir. Nem obrigado e nem boa noite. Não pensar. Só pensar nas coisas que Deus tem que pensar. Igual o professor falou. Ele falou das pessoas, mas no meu caso é assim. E é bom que eu tô sendo igual a todos os alunos e eu não vou ser nada especial aqui e vou ser bem como todos. Acho que eu já tô quase sonhando e essas ondas são bem bonitas. Fazia bastante tempo que eu não via ondas tão grandes e parece que eu sou pequenininho ainda, mas eu não sou, acho que eu preciso só parar de tentar nadar, que aí a onda vai levar pra onde eu tenho que ir, só que podia ter mais alguém, porque esse mar eu acho que é muito grande e ficar mexendo assim dá vontade de dançar a dança dos macacos. Eles tão vindo, esses são os macacos que também sabem nadar. Acho que eles me reconheceram. Macaco é o bicho que nada melhor que nem peixe. A gente vai pra onde? Azul e laranja e bem laranja os pelos eu gosto que deslizam. Os macacos acabaram com os golfinhos. Eu não podia saber disso, agora vou ter que decidir se eles fizeram certo ou se foi errado. Mas eles ficam tão bonitos nadando. Mas os macacos tem razão, tem razão e estão errados. É a frase escrita na moeda do ocidente. *Três moedas do ocidente, por favor.* Por um pedaço de alho tão pequeno? *Um pequeno pedaço e sua comida terá mais sabor do que a sua boca já provou antes. Todo o sabor do mundo em um dente de alho.* Tá bom, tó aqui as três moedas. Eu dei só duas moedas pra ele, corre Bia corre comigo a gente vai pular no mar em 3, 2, 1. Bia? Quem é Bia? *Toca a bola pra mim.* Quem é Bia? *Toca a bola, Malu.* MEU NOME NÃO É MALU! Não quero esquecer esse sonho, acho que, ah não, não pode escrever. É das regras, tenho que seguir as regras. Vou voltar a dormir pra não acordar com sono, acho que talvez três moedas, acho que eu não dei nenhuma das moedas do ocidente pra ele. Eu falei duas? Eu roubei, isso é a prova que eu sou Deus ou não sou? Tá voltando uma onda bem grande. Tomara que me leve pro mercado árabe. Elas tão aqui, as moedas, olha. *E o que tá escrito?* Tá escrito eles têm ração de gato. *E tá escrito alassi alassi?* Não fala alto essa palavra, eles vão ouvir. *Mãe.* Alguém falou mãe. Você ouviu. "*Mãêêê*". De novo. Eu tenho certeza. "*Mãêêê*". Ah, era o sino. Já são 4h30? Hora de acordar. Vou levantar pra chegar na hora. "*Bêêêm*". Era bêm, não mãe. Sou bom, acho que vou ser bom nesse curso. "*Bêêêm*". Agora é o verdadeiro primeiro dia. Tava sonhando alguma coisa com moeda, acho que era importante. Bara babi bop, bara babi. Escovar os dentes rápido e vou, quero chegar antes pra não ter chance de perder nenhuma parte. Tô esquecendo alguma coisa? Acho que nada. Acalmar a mente e entrar no estado de ficar bem quietinho. Até que tá frio aqui fora. Será que já entrou a maioria? Vou só abrir a porta pra ver. Esse salão achei que iam acender a luz. Talvez acendem depois, mas já tá ficando claro e talvez não precisa. Só alongar mais um pouquinho. Perninhas de Deus. Eles tão alongando pouco e eu tô alongando bastante que é a quantidade certa. E, e, e, parar agora. Pronto, quantidade ideal. Vou entrar. Esse lugar pra mim acho que é certo pra eu não chamar muito atenção porque se eu ficasse na frente iam achar que eu tô muito concentrado. E iam ficar pensando que eles também tinham que ter essa mesma quantidade de concentração. Começou *"Jāgo logo jagata ke, bītī kālī rāta"*. Será que vai cantar quanto tempo? Ele canta bem mas talvez podia ser menos grave, mesmo que eu tinha gostado. O bom é que parece que nem um tambor comprido. Prestar atenção na respiração. Voltar a prestar. Eu vou conseguir me concentrar muito. Agora eu tô totalmente concentrado. Mas também tenho que pensar menos. Pensar nada.   É, agora eu fiquei alguns segundos. Ar entrando. Ar saindo. Não precisa narrar. O sopro divino é o meu sopro, mas quem soprou o sopro em mim? Acho que. Atenção. A atenção é a piedade da alma. De quem que era mesmo que ele falou essa frase? Meu pai era melhor professor que esse professor acho. Respiração, prestar atenção. Que bom que acabou o canto. Agora é só prestar atenção. Só assim o dia inteiro. Quantos minutos? Pelo menos trinta acho que já. Como será que vai ser no final? Eu prometo que nunca mais vou pensar nisso até o final. Tenho que só viver o momento pra o discurso sair certo e perfeito. Depois eu vou saber falar. Será que vai ser assim ou eu vou escrever um texto só e vai ter tudo que eles precisam saber? Eu não vou pensar então, que nem prometi. Minha mãe ia gostar que eu cheguei aqui. Meu Deusinho. Meu Deusinho. Ar entra, ar sai. É, fica mais frio mesmo quando entra do que quando sai o ar. Acho que tá cansando minha perna. Mas eu aguento mais e já deve tá terminando agora. Ar entra, ar sai

            agora fiquei bastante. Consegui mais atenção que antes e que todas as vezes. Respiração. E o nariz a pele fica bem quente, acho que tá mais quente que o normal   e acho acho que pera, para, ar entrando   consegui bastante de novo. Tô ficando bom, quando chegar no último dia eu. Não vou pensar no último dia. Só trabalhar. Trabalhar diligentemente como ele fala. É, Deus também pode ser um trabalhador. Deus pode ser o mais trabalhador. Martela um prego, martela um prego, martela um prego, martela outro, martela outro, martela outro, quase pareceu música. Melhor não pensar que eu senão fico cantando. Talvez a respiração eu posso fingir que é uma música, um canto, só que de ar bem devagar, que só dá pra ouvir mas não fica agudo igual de cantar normal

            é, dá pra ouvir de um jeito silêncio, e acho que é o jeito da música mais natural. Será que ainda quero. Tenho que voltar a decidir que que eu vou querer ser depois, agora que tá chegando, tenho que decidir. Ar entrando, ar saindo, ar entrando   isso não conta como pensar sobre o final do curso, conta como pensar e se preparar para depois de tudo. É, aí eu com certeza vou ser cantor mesmo. Talvez posso deixar meu cabelo comprido que acho que vão gostar, chama atenção e dá pra mexer bastante no palco, mas pensar nisso é ridículo, tem que ser natural, mas vou deixar só depois, senão vai parecer que é cabelo de guru. E Deus é o sem nome e sem cabelo comprido ou curto. Só que curto mesmo tá bom. "Bhavatu Sabba Mangalam" Agora sim acabou. Acho que me distraí muito. Mas com certeza é o mais normal, então me distrair foi um jeito de conseguir fazer o começo do curso do jeito perfeito, porque foi o jeito do aluno médio, e a média é a perfeição da promessa. Vou falar de novo, alguém tira essa abelha do meu peito alguém, por favor? Abelha qual é o seu nome? O meu é, qual o meu nome mesmo? *Eu sou a Paulinha, eu tô aqui pra cuidar de você.* Quem tá aí? É você mãe? Mamãe eu tô muito pequeno. Eu só tenho dezenove anos e você tem mil. Você tem mil ou mais de mil anos mamãe. Quando a gente vai brincar de girar de novo? *Vamos colocar os pés no chão e tremer a terra? Vamos desligar a lâmpada branca e espalhar a fumaça das nuvens com um taco de beisebol? Vamos montar sobre o cavalo gigante da humanidade e cavalgar sobre o campo tão largo como nunca se viu?* Mamãe, eu não quero fazer o discurso. Eu não quero falar nada, mamãe. Acordei. Agora eu tô acordado com certeza. O Sal tá aqui, isso é uma prova. Como ele dorme profundo. Mas também, deve ser meia-noite. E ele não faz muito barulho. Em que dia a gente tá? É o terceiro já. Mas é como se fosse o quarto, porque o primeiro foi tão longo. É o terceiro. Terceiro vai ser hoje. Amanhã. Hoje quando acordar. "*Bêêêm*" O sino? Era? "*Bêêêm*". Já? Queria dormir mais. Mas se acordei agora então dormi tudo. Mas tô cansado. Respiração. Já vou começar a prestar atenção. Meus dentes. Dentes de macaco. O macaco escova os dentes. Deus saiu do banheiro. Deus Deusinho. Macaquinho escovando os dentes e pulando. Eu sou o macaco do mundo, mas não conte pra ninguém. Ok, não vou contar. Quantos passos será que tem daqui até o salão. Tudo pronto. Será que eu acordo o Sal? Ah, ele tá acordando. Vou contar. Um, dois, três, quatro, cinco, seis, sete, oito, nove, pode passar senhor Tupac. Ele parece o Tupac. Dez, onze, doze treze, catorze, quinze, será que eu pulei algum, acho que eu pulei o treze, e agora mais três, dezenove, vinte, vinte e um, vinte e dois, vinte e três, vinte e quatro, será que vai dar trinta certinho, trinta e um, não vinte e seis, vinte e sete, vinte e oito, vinte e nove, trinta, trinta e um, trinta e dois, trinta e três. Quase trinta exatos. Mas trinta e três é bom. É um número que não quero pensar, porque Deus morre. Alongamento. Sim, vou alongar um pouco mais que vocês. Acho que vocês tão pensando que eu alongo mais do que precisa. Talvez vocês não tão olhando tanto. Só mais uma alongadinha. Acho que eu tô percebendo muita coisa. Acho que sim, porque o som tá muito mais claro, tem muito mais detalhe. É, o caminho tá abrindo. Quase todo mundo já tá dentro, vou sentar fazendo zero barulho. "*huā ujalā dharama kā maṅgala huā prabhāta*" Desculpa, desculpa. Devia poder falar só isso. Só desculpa pelo menos. Que aí ninguém fica brigado em silêncio. Tomara que eles não tenham ficado bravos comigo. Até que fiz bastante barulho. Mas meu barulho é um discurso em outra língua. Agora vou só prestar atenção. O ar saindo. O ar entrando. Minha pele formigando. Eu nunca tinha percebido tão de perto essas coisas. Ar saindo. Ar entrando. Meu nariz tá esticando. Esticando até quase o tamanho da minha bochecha inteira. Será que isso é como o nariz de Deus funciona? Talvez eu sinta mais cheiro do que todo mundo. A transformação. Pode ser isso que começou. Ser Deus é muito estranho, quando será que eu vou me acostumar. Ar saindo. Ar entrando

     Vou tentar me concentrar em um pedacinho menor ainda   Vou tentar só esse pedacinho de pele bem pequeno que fica no meio

     A ponte das narinas, será que tem sensação ali. Não dá pra sentir nada. Mas meu nariz tá abrindo de novo. Será que tá deformando de verdade? Não posso abrir o olho agora. Não posso. Deus consegue com certeza ficar com os olhos fechados. E se alguém se assustar, se eu tiver com o nariz muito grande, a pessoa vai falar aí eu ajudo de algum jeito. Agora já voltou. Ar entrando, ar saindo. Tá fazendo ondas. Nunca fez ondas.   Ar entrando

Ar saindo

Ar entrando. Ar saindo. Se eu quiser ser um guru eu posso. Mas isso é pequeno. Só preciso continuar. Não sei se guru é bom. Só preciso falar o discurso. Acho que isso tá fazendo ficar forno, como se fosse um forno, como se estivesse ficando pronto. Como que todo mundo vai assistir? Quando chegar a hora, tudo vai se alinhar e tudo vai acontecer como precisa. Como eu era ingênuo antes. De achar que eu precisaria pensar como é que eu ia fazer pra montar. E do que falar talvez também é assim. Talvez também. Ar saindo. Ar entrando. Ar saindo. Ar entrando

Ar entrando. Ar saindo. Vou mexer a perna de um jeito tão devagar que vai ser como se eu não tivesse mexido. Acho que é impossível porque todo som é alguma coisa. Preciso lembrar que nada disso é sabedoria. O discurso é além. É como um homem de boina tocando piano na mesa enquanto espera o café. E todo mundo pensando que boina parece antigamente. Ou como a moça que aperta o ketchup e sai muito. Aí ela sempre espalha com o dedo achando que ninguém tá vendo. Mas eu tô vendo. Eu vi. Todo mundo vai ficar muito tranquilo quando eu falar. Minha mãe tava certa. Antes eu falava e falava que ela tava certa, mas eu só repetia. Eu não sabia o que era ser Deus. Ar entrando. Ar saindo

Ar entrando. Eu vou organizar o manifesto dos marinheiros que navegam a boca do lobo. Eu posso falar sem próxima frase? Essas coisas, eu preciso saber se posso deixar sair. Ar entrando

Ar saindo. Ar entrando. Ar saindo. Meu nariz tá espalhando mais. "*Namana karun gurudeva ko*" bem na hora que meu nariz tava espalhando como nunca "*Isa sevā ke pūnya se, bhala sabhi ka hoya; Sabke mana jāge dharama, mukti dukhon se hoya*" é mentira, ainda não consegui olhar pra ninguém. O homem de boina que toca piano tá sozinho. Mas eu vou conseguir olhar pra ele. Eu vou conseguir olhar pra mulher do ketchup. Porque é isso que Deus faz. Só pode ser isso. Alongar um pouquinho mais. Quanta cor eu tô vendo. Meu pai ia ficar orgulhoso. Ar entrando. Ar saindo

Ar entrando Ar saindo. Com ele é melhor que esse professor. A Bia Lobato vai ficar feliz que eu tô na direção certa. Ela vai gostar de mim logo. Com certeza ela vai gostar de mim logo. Porque tá chegando a hora que de ser agora ou tarde demais. Se ela tivesse vindo ia ter gostado da viagem até aqui. Viver é uma vida muito larga. Talvez um dia eu devia contar. Contar separado do discurso. E aí eu ia contar todas as histórias tão bem que as pessoas iam ficar em dúvida se tavam na história elas também ou não. E aí quando ficassem bem velhinhas iam ter que se esforçar pra saber se aquilo elas que viveram ou se foi história que leram. E mesmo se elas confundissem às vezes, ia ser tudo bem, principalmente pras pessoas que foram mais tristes, porque aí iam ter memórias que não eram tristes. Acho que eu tô ficando menor de novo. Quanto mais eu medito mais eu pareço quando era criança, mas talvez só de sentir e talvez de pensar. Acho que eu sou a pessoa mais feliz que teve no mundo. Pelo menos agora. E se a Bia Lobato tivesse vindo viajar comigo eu ia ser em primeiro ainda mais disparado. Também preciso voltar a falar com o Miliguel, lembrar ele que ele vai ser meu melhor amigo sempre até bem velhos. E preciso fazer todo mundo rezar pro Ananias ter ido pro céu. Ele com certeza foi. E preciso visitar a Araci e apresentar pra ela meus filhos que eu vou ter. Meus Deusinhos e minhas Deusinhas. E todo mundo vai querer conhecer eles. E eu vou ser muito mais calmo ainda. E eu não vou ter medo como eu tenho agora às vezes de não ser Deus ou de não falar o discurso, também porque eu já vou ter falado. Se eu tivesse dormindo agora eu ia querer acordar com a mamãe me acordando. E ia querer brincar de Comandos só mais essa vez. Mas acho que o futuro também vai ser bem feliz e a Bia também vai ser a mais feliz. Eu num sei o que ela tá pensando agora, mas eu sou Deus sim com certeza. Eles querem

todos saber como eu sou. Mas eu também ainda tô aprendendo e já vou saber logo. Talvez o discurso é assim de desdobrar. Essa batata tá boa. Eu gosto bastante de curry. O Tupac come mais que todo mundo. Será que o Tupac de verdade tinha alguma coisa de indiano, ou é ele que tem alguma coisa que parece americano. Deve ser os dois. Se ele e o outro que era rival fossem um só, ia ser o som completo. Isso é a mentira do equilíbrio. Mas como é o som completo? Eu consigo só imaginar antes, mas não consigo ouvir. Mas imaginar sem forma. Talvez quando eu tiver pronto vou conseguir ouvir até isso. Ar entrando
    Ar saindo
    A gente tá no quarto ou no terceiro dia? Essa posição cansa muito

              Ar saindo

Ar entrando. Tá dando raiva que ele não para de falar. Mas eu não vou ter raiva. Eu vou ter calma. E vou pensar tudo bem calmo. Mas meu pensamento tá ficando com uma velocidade mais rápida. Igual quando eu tomei ácido com aqueles ingleses. Bristol mania. Tx tx tx puf tx tx tx puf tx tx tx. *You alright, mate?* Deus experimentou drogas só para saber muito bem o que vocês faziam. Deus não julga sem saber. Mas é chato falar assim, é como se Deus fosse o mais chato e como se Deus não fosse eu. Tem que ter um jeito de eu falar com todas as religiões e não quero escrever só o terceiro testamento. O terceiro testamento é mais um passo na separação. Preciso escrever o livro único. O livro não-livro, as regras certas que acompanham toda ação e fazem tudo ser uma dança canto quando eu escrever vai ser assim, só preciso guardar e separar os melhores pensamentos e explicar de um jeito certinho, o jeito certo que explique tudo que eu ainda vou saber tudo, e falta tão pouco que eu quase já sei. Mesmo que não é muita coisa pelo menos é bem menos do que eu sabia antes. O Mike era o mais legal dos ingleses. Acho que ele gostou bastante de mim. E mesmo se ele não tivesse tentado me beijar, acho que ele ia gostar de mim como amigo. E o Jonathan era o menos legal, mas ele era o que mais ficava quieto e dava pra perceber que era o que menos tinha medo, porque não falava quando não tinha o que falar. O Mike e o Dixon com certeza tinham medo e queriam ser melhores. Mas o Jonathan era legal também, mas é que acho que gosto de gente com medo, que aí dá pra ajudar mais. Quem não dá pra ajudar não tem muito o que a gente fazer. Mas vou aprender isso de outro jeito também que eu sei que precisa. E o Mike pena que eu não quis beijar ele, porque acho que ele ia ser muito feliz se eu beijasse ele. Talvez eu devia ter beijado só pra ele ficar feliz. Será que eu só vou ser Deus quando eu acertar tudo isso de primeira? Ela falava que eu já era desde sempre. Mas talvez preciso chegar no ponto de acertar tudo totalmente antes e depois. Mas talvez tem alguém contra mim. Isso não, ninguém ia ser contra Deus. Ar entrando. Ar saindo

       Mas eles querem que os macacos parem de nadar. Isso sim, eles querem que nós macacos a gente ande na terra. Mas eu não sei a diferença entre a água e a terra. Alguém precisa me ensinar tudo do começo. Alguém precisa pegar minha mão com zero anos e dizer: isto é o mundo e assim ele começou. Isto é o mundo e assim foi o primeiro segundo. E assim foi o terceiro segundo. E me levar bem devagarinho desde o começo. Que nem a gente fica com a sensação quando lê a bíblia inteira. Só que tem que ser mais. Tem que ser todas as coisas. Eu devia ter ficado mais nas aulas do meu pai. Será? Acho que eu não sei mais respirar embaixo da água, eu tô ficando sem ar. Preciso subir pela última vez. Onde que é em cima? Onde que é? Preciso subir. Preciso, senão, não vai dar. Sobe aqui filho, papai tá esperando. Sobe. Onde, pai? Onde você tá? Eu tô sem ar, pai, me ajuda a respirar.

 Quase acordei o Sal. Ou acordei e ele quer fingir que não. Acho que eu sonhei com os ingleses. Ou pensei neles ontem na meditação. O Sal lembra o Dixon. O Sal tomaria ácido com certeza. Eu já tomei, mas provavelmente não posso tomar mais, porque se enfileirar todas as atividades do mundo que eu preciso fazer e todos os sentimentos, acho que usar droga é uma vez só, senão vou ter que entrar nos caminho secundários, nas variações das situações e não vai dar tempo. Tenho que usar algumas drogas que eu não usei. Mas tem que ser de um jeito seguro e com certeza de que não vou viciar. Assim eu também vou conseguir ajudar os viciados. O Barry era o que dava mais pena. Mas ele pedia de um jeito que não dava pra falar não. Mas o filho dele falava que eu tinha que falar não. O filho dele não sabia pedir que nem ele. Talvez a droga que ensinou o Barry a pedir assim. "*Bêêmm*". Pelo jeito eu acostumei a acordar na hora. Meu corpo acostuma rápido. Mas o do Sal não. "*Bêêmm*" ou ele fica acordado de olho fechado. Ele não abre o olho por nada. Nossa, abriu bem na hora. Agora ele vai pensar que eu passei a noite inteira olhando pra ele. Vai pensar que eu sou apaixonado por ele. Tomara que ele não pense isso. Tenho que agora fazer como se eu nem ligasse. Tenho que olhar pra ele menos ainda. Senão com certeza ele vai pensar. "*Bêêmm*" queria ver quem é o cara que toca o sino. Com certeza ele é muito velho pra acordar antes que todo mundo. O velho dos velhos velhíssimo. O homem do tempo. Dentes escovados sensação extramagnífica, pode avisar, pode avisar. Compre esta pasta de dente já e você vai ter a sensação extramagnífica. Vou com o shorts, que ontem fiquei com calor. Tomara que nenhum bicho pique senão vou ter que ficar com malária e depois me curar e talvez atrase toda a minha chegada, não pensar sobre a chegada. Alongar e alongar meus musculinhos tão amigos, amigos do corpo vamos que a hora chegou. Sentar fazendo o movimento exato. Sentar como senta o macaco ou o Buda? Sentar como o buda macaco. Acho que sentei assim, ou quase assim. Porque assim a posição ideal vai ser só no último dia. Ou o ideal vem antes mesmo e eu já consegui. Melhor não saber por enquanto, que falta bem pouco. *"Jāgo logo jagata ke, bītī kālī rāta; huā ujalā dharama kā maṅgala huā prabhāta"*. Sentei bem na hora certa. Ar entrando. Ar saindo. Ar entrando. Ar saindo. A voz dele é a voz certa. Ele é o professor certo. Esse é o momento certo pra avançar devagarinho como um peixinho o menor peixinho do mundo nadando no mar. Eu sou, será que eu sou? O menor peixinho do mundo nadando até o outro lado. Eu sou o primata atravessando uma caverna com a primeira vela. Ar entrando. Ar saindo. Ar entrando. Agora sentir no cocuruto. E sentir um pouco pro lado. Ar entrando

E sentir na testa. E sentir nos olhos. Tem alguns que dá e outros que não, mas logo eu vou conseguir todos. Descobrir qual a velocidade certa pra dar tempo de sentir o corpo inteiro. Ombro. Nada. Braço, formiga. Antebraço, pulsa. Mão, formiga. Dedos, formigam mais. Outro ombro, pulsa. Braço, nada. Antebraço, nada. Mão formiga. Dedão formiga. Dedos, formigam mais. Melhor não ter nome pras sensações. A maioria das coisas não dá pra falar. Mas dá. Trabalhar diligentemente. Trabalhar diligentemente. Vou tentar pedaços menores e depois menores. Olha mãezinha, olha paizinho, eu tô trabalhando, seu Deusinho se tornando Deus. Não é isso que eu tenho que fazer? Não é tim-tim por tim-tim? E eu vou então conseguir salvar todo mundo, então logo as palavras certas já tem que começar a chegar. Senão vou ficar um pouco preocupado. E quando terminar isso acho que tem que ser o final e estar tudo pronto. Qual é a primeira palavra do discurso? Vou decidir isso agora. A primeira palavra do discurso é. Vou pensar no intervalo sem falta. Batata da perna, formigando. Tornozelo, nada, cinza. Pé, acho que friozinho. Dedos, mais friozinho. Ar saindo

Ficar reto. Que dor nas costas. Costas é o que dá pra sentir menos, quase tudo cinza. Preciso tirar o que tá prendendo que é uma tampa preta. Parece que eu já tô aqui há pelo menos um mês. A palma da minha mão é do tamanho de um terreno de casa sem casa. Meu nariz foi assim nos primeiros dias. Agora tô sentindo a gente inclinar na frente do precipício. Mas preciso me entregar, vou me entregar porque vai dar tudo certo com certeza. Pescoço, ombro, cinza. Parte de cima do braço, formigando diferente. Cotovelo, cinza. Antebraço e mãos, formigando inteiros. Tô conseguindo partes maiores. Dói muito ficar sentado. Dói muito as costas e os joelhos. Parece que o universo tá mais rápido também. Isso com certeza: mais rápido e mais devagar. O máximo que dá pra fazer é. Uma certeza uma cegueira. Porque corta o mundo em um pedacinho menor. O máximo que dá pra fazer é perder. O máximo que dá pra fazer é aprender ao contrário. Se for pra acreditar em alguma coisa eu acredito agora bem agora só em tudo. Mas também com certeza no contrário. Mas se isso for o discurso vai ser muito chato. Se eu acreditar em algumas coisas vou ficar no meio do caminho. Tudo é um pouquinho bastante hipocrisia mas preciso. Trabalhar diligentemente. Pedacinho por pedacinho. Será que a gente tá em que dia. Seis ou sete? No dez eu vou estar, eu vou ter chegado lá então eu vou estar, não quero nem pensar, se eu pensar vou cortar. Ou tá no cinco ainda? Acho que no sete. Mente refinando. Isso tá. Atenção refinando. Atenção fininha. Ficando bem fininha. Refinando que nem diamante puro mais leve do que nada. Quando meu nariz tava espalhando era verdade ou imaginação mas eu não preciso escolher. Era. Tem uma parte do meu rosto sem ar. Sem oxigênio com certeza. Essa é a parte mais cinza. Será que eu vou conseguir ver por baixo? É, preciso falar alguma coisa mesmo que seja não dizer nada. E aí o mundo vai dar um grande passo. Um grande passo bom ou ruim, mas com certeza bom. Um passo como é aquele passo grande passo do destino. Como é o passo do tamanho normal pro universo. Um passo do tamanho de tudo o que já aconteceu. Só que virando. É assim. Entendi. Entendi. É assim o infinito. É assim que junta o destino e o acaso. É, e também o livre-arbítrio, a vontade, sim, com o infinito, não é? O desenho do Fibonacci. O próximo passo é esse agora agorinha, sempre o resultado de tudo que veio antes, a soma de tudo sem esquecer nada e também principalmente sem sobrar nada. O quadrado que a espiral forma. A próxima parte da espiral. É, a parte nova da sequência é o maior resultado possível pra tudo o que veio antes. É o máximo possível e o máximo que a gente podia desejar. Como se o acaso e o destino e o livre-arbítrio só pudessem ser a mesma coisa. Como se o destino seguisse a mesma direção que a vontade. Existindo e também não. Mas falar isso parece muito coisa das religiões que aceitam tudo e acho que não tem que aceitar tudo totalmente, só que tem que viver do melhor jeito que é o jeito ideal. E também a sequência desse mesmo jeito dá pra entender outras coisas. Ombro, cinza. Cinza ainda que droga. Não ficar triste por isso e por nada. Peito, vibrando pouco. Vou tentar o mamilo. Sim, quase palpitando acho que na velocidade do coração. *"Bêêm"* agora eu tava acordado, tenho quase certeza. Tenho quase certeza. O Sal deve saber. Uma mosca. Ainda bem que não veio à noite. Alongar bem. Alongar o extramagnífico dos dentes. O sabor extramagnífico é um sabor ideal. Comprem esse ótimo creme dental. Imagina falar ainda creme dental. Iam me zoar de idiota. Eu não sou idiota. Ela falou que eu sou. Mas eu não sou. E tinha também dentifrício que é mais antigo. Às vezes eu sei coisas mais antigas e mesmo sem pesquisar. Eu devia ter decorado toda a história do mundo. Mas que nem que a russa falava, contar uma história leva um instante, mas fazer as coisas de verdade leva bem mais tempo. Mas se eu pudesse deixar a história do mundo em um segundo bem curtinho ia ser bom. Que fosse exatamente um instante. Talvez a melhor forma de fazer o discurso ia ser essa. E se desse pra incluir também a história de todas as pessoas, ia ser melhor ainda. E contando bem por dentro de cada história, principalmente as coisas que as pessoas sofreram e ficaram tristes mas não contaram pra ninguém, e contando principalmente também as coisas que as pessoas pensaram, mas ficaram com vergonha, muita vergonha, e também com certeza as vezes que as pessoas ficaram muito felizes e pensaram que nunca mais podiam ser tão felizes quanto eram nessa hora. E também contar das pessoas que depois disso foram mais felizes ainda. Mas também das que realmente tavam certas e nunca mais foram tão felizes que nem nessa hora que elas pensaram. E também nessa história colocar bem de um jeito que dê pra enxergar o segundo certinho bem exato em que as pessoas foram mais bonitas. Mais bonitas na vida, aquele segundo bem certinho que é o segundo de cima. O segundo que tá no topo da vida, que é isso a palavra ápice e que é isso a palavra epítome do que é bonito. Que a maioria tem esse segundo bem certinho mais bonito da vida toda com vinte e dois, vinte e três, vinte e quatro ou vinte e cinco anos, isso eu chuto. Mas também tem outras que têm bem mais velhas e pode ser em qualquer hora da vida, eu acho. E também contar nessa história, e nessa parte do momento que a pessoa é mais bonita, também contar das crianças que morreram mesmo sendo crianças, porque elas também foram gente e mesmo as que viveram pouquinho também tiveram uma hora que é a que elas foram mais bonitas que elas mesmas em todos os outros segundos de criança e bebê. E também contar bem de perto nessa história como essas crianças se sentiram em cada minuto da vida delas. Mesmo que seja essa vida bem pequena. E contar bem de perto como foi a alegriazinha e a tristeza muito forte de cada bebê. Contar de um jeito que dê pra perceber que cada bebê ficou bem triste, mas bem triste sempre de um jeito diferente de todos os outros bebês. E contar sempre a história de cada um bem separado de todo mundo como se tivesse a mãe deles falando parabéns, você fez tudo muito certo, parabéns lindo, parabéns lindinha, você é muito importantinho e também importantão e talvez o mais do mundo. E também falar de todos os sentimentos que são os mais diferentes e estranhos que cada bebê sentiu, daqueles que eles sentiram mas ainda não sabiam falar o nome e nem chegar perto de saber como falar. E contar isso de um jeito que todo mundo perceba que não saber falar era o melhor jeito de expressar porque saber falar também ia diminuir. E também contar de todos os sentimentos que eram mais neutros que nem maçã e principalmente pera são de gosto e tipo, só que de sentimentos mesmo, que eram os sentimentos que não davam vontade de chorar mas que também não davam vontade de ficar feliz, mas que precisava ter algum jeito de falar e não tinha. E contar nessa história bem curta que vai ser um instante só, contar também de como foi pra cada criança que nasceu, desde a primeira de todas, como foi na hora de nascer, de cada criança de todas as cidades e também antes de todas as tribos e todos os países e todas as gerações uma por uma, contar como foi pra elas ouvir a voz da mãe delas pela primeira vez e também como foi ouvir essa voz da mãe delas pela última vez. E como foi ouvir sabendo que era a última vez. E também como foi ouvir pras crianças que não sabiam que era a última vez. E também contar como foi ouvir a voz do pai com todos esses detalhes também. E com certeza contar como foi pra cada criança que só ouviu o silêncio e não ouviu nenhum pai e nenhuma mãe. E contar exatamente de um jeito que dê pra entender como é ser criança cega e também como é ser criança que não ouve. E também de um jeito que todo mundo saiba como é ter cada um dos sonhos que todas as outras pessoas já tiveram na hora que tavam dormindo. E com certeza depois nesse mesmo segundo tão curto vai ter a parte de quando a criança já é mais velha e consegue entender e quando ela vai vendo que é uma pessoa bem diferente das outras. E também vou contar como foi cada medo pior que cada pessoa tem e principalmente os medos que elas têm mais medo de falar pras outras pessoas. Mas não contar só o nome do medo mas contar de um jeito que é como sentir quando a gente tem. E quando nessa história tiver passando pela vida de cada pessoa também vou contar da raiva que eles sentiram cada vez, mesmo se foi da família, e como eles odiaram as pessoas que eles mais gostavam e como isso era muito ruim de sentir. E com certeza eu posso também falar das coisas mais difíceis que as pessoas escolheram, que nem quando eu saí das aulas pra ir logo acelerar pra chegar no discurso e tive que deixar o papai sozinho, mas principalmente as coisas das outras pessoas, porque essa história vai ser só bastante delas, que nem provavelmente da mamãe e de tudo o que ela fez. Sim, nessa história com certeza ia ter também a vida da mamãe inteira e tudo o que ela sentiu de bom e mesmo também as coisas ruins e horríveis de pior que ela sentiu, e vou fazer que nessa história todo mundo que ouvir fique desse jeito também. E talvez essa história, mesmo que ela vai ser muito rápida, vai ter a vida de todos os animais e todas as plantas com tantos detalhes que nem das pessoas, e também as história da terra e da areia e do ar e do fogo, contando o detalhe de como foi cada onda, e cada pedra como virou areia e o sopro de cada vento, como nasceu e como foi a vida desse ar. E mesmo que vai ter todos esses detalhes, o principal é que nessa história a mamãe vai ter as partes mais felizes e vai ser como se, e o papai também, o papai também vai ser feliz, mas a mamãe, mesmo que vai ser a história certa e real dela e eu vou contar todos os detalhes e vai ter como ela sentiu e porque ela escolheu fazer as coisas que ela precisava fazer, vai ter principalmente a parte que ela era feliz e essa parte vai brilhar muito e vai brilhar tanto que talvez essa história vai deixar todo mundo meio cego mesmo que isso é antigo e sempre volta porque vai ser só por um um segundinho porque não vai dar pra ver nada além do brilho da felicidade da mamãe, e com esse brilho talvez essa história vai grudar na realidade e vai deixar a realidade de verdade acabar sendo assim, mesmo que eu não vou fazer tentando mudar nada pensado, só vou fazer porque vai ser o que eu tenho que fazer, mas vai brilhar muito, e a felicidade dela vai ser como a soma de toda felicidade de todas as pessoas e de todos os animais e todas as plantas e coisas que já tiveram. E acho que mais, acho que a felicidade da mamãe nessa história, que vai ser a história real, não vai ser só a soma de todas as felicidades de todo mundo mas também vai ser a felicidade junto com também todas as tristezas e junto com todos os sentimentos de todo mundo, como se ela virasse tudo. Só que de um jeito que vai mesmo assim a felicidade ficar por cima de todos os outros sentimentos. Aí essa felicidade vai brilhar de um jeito que vai grudar em tudo o que é, porque vai ser a história de um instante e vai ser uma história tão pequenininha que nem vai dá pra ver e nem vai dá pra escrever, mas vai ter tudo isso nessa história. E na verdade vai ter muito mais coisa ainda que só cabe nela e eu não vou conseguir pensar agora tão rápido, mas com certeza essa história vai ser tão longa e infinita principalmente de largura porque vai ter muitos detalhes e tão grande que vai ser a mais, mais curta de todas.

Na história tem que ter eu ou talvez melhor não ter. Senão tiver não vai ser a história inteira, então melhor ter mas sem ser principal. Mas se eu contar tudo meu também aí vai ser como se eu fosse igual a todo mundo, e como se não fosse Deusinho e Deus. Não. Não. Talvez aí que vão ver como eu sou Deus e vão ouvir com muito cuidado e muita atenção o que eu tô falando e quando ouvirem aí vão poder viver do jeito certo, do jeito que é o jeito ideal que ninguém vai ficar triste nunca mais, ou talvez triste ia poder ficar sim mas ninguém ia ficar tipo muito triste miserável. Mas todo mundo ia mesmo assim saber o que é ser miserável e ia saber mesmo que ninguém fosse. E sempre ia sobrar um pouco mais de felicidade e não ia ter ninguém que perdeu a esperança de tudo muito. E não ia ter ninguém sem dinheiro e nem triste, mas principalmente não ia ter ninguém sem dinheiro e triste ao mesmo tempo, que é o pior. Que nem a moça aquela moça que chorava e não tinha dente nenhum, mas eu vou aceitar ver sempre o rosto dela e vou colocar o rosto dela bem dentro totalmente do meu coração. E talvez mesmo antes de eu ensinar do jeito certo de viver pra todo mundo, que eu ainda tenho que pensar como falar com certeza qual é o jeito certíssimo, que acho que esse vai ser o discurso, ou já já decido, mas mesmo enquanto isso eu vou fazer de um jeito que vou tentar ver o rosto dela sempre e ficar sentindo esse ruim sempre também até passar. E vou fazer isso mesmo antes de eu conseguir fazer o discurso, porque como eu sou Deus e ela vai tá no meu coração, ela vai ficar feliz e acho até que ela vai com certeza parar de morar na rua e vai encontrar um namorado ou uma namorada legal ou um amigo bem legal, talvez pra morar junto. Quantos anos eu tenho mesmo? Acho que é muito cedo pra ter vinte anos. Mas é a hora certa.

"Bêêmm". Eu tô vendo a roda quebrando e deixando todo mundo sair. Não sei. Sei. Vou prestar atenção, dessa vez eu vou

ficar bem atento o dia todo e vou ser a pessoa que melhor medita. Já vai começar. Trinta passos rapiúnicos. Trinta únicos um só. Cheguei little gang. Hello, Tupac. Hello, Alfredinni. Hello modelo C&A. Isso ele parece modelo totalmente de C&A ou lojas assim. Que ele parece modelo de pessoa comum. Oitavo dia ou nono? Essa abelha. Talvez seja mais. Eles podiam falar. Eles tinham que falar. Mas tenho quase certeza que é nono. *"Bem-vindos ao oitavo dia"* eu acertei, só sou tão bom que acertei um dia antes. Primeira vez que eu penso com maldade. Já devo ter pensado outra vez com certeza, mas essa é acho que foi a pior, porque foi ironia e acho que ironia é fugir e fingir, então é mentir, porque é frio, mas eu precisava viver esse sentimento uma vez, é, das peças que tão faltando. Mas talvez seja pouco e não tudo, porque logo eu vou viver tudo mesmo. Parece que eu tenho cada vez menos que vinte. Parece que eu sou eu o Deusinho e vou ser sempre o Deusinho menor e menor. Que nem tem um cordeiro amarrado no prato, servido pro mundo inteiro. A multidão do mundo bem com fome, como é que Deus diria não coma esse cordeiro? Eu só não fico sozinho nunca porque eu tenho muitas ideias boas de Deus e eu fico com elas. E também por isso eu sei que tudo vai ser melhor depois, que bom que vai ser melhor e que vai melhorar tudo pra todo mundo ainda bem. Só preciso por último encontrar o jeito certo de começar logo, porque acho que já tá muito tarde pra ainda ter gente triste e principalmente gente muito triste. Eu podia só encontrar o discurso logo e sair do curso e ir e falar pra todo mundo e depois eu terminava o curso, porque acho que não dá pra todo mundo esperar mais um pouquinho sempre. Mais um segundo. E mais um segundo. E mais um segundo. Quanto tempo isso já é muito com certeza. Se eu sofresse um segundo eu não ia aguentar. Se eu ficasse triste um segundo eu não ia aguentar. Eu só não fico triste porque eu não ia aguentar ficar triste. E também porque eu sei que depois as coisas vão ser bem melhores e mais legais pra todo mundo que nem eu já pensei. E o bom é que eu também pensei que todo mundo que tá no hospital vai melhorar e vai sair do hospital e as pessoas que tão em casa esperando vão ficar superfelizes e acho que vai ser uma surpresa, e as pessoas que tão dormindo no sofá do hospital vão depois lembrar que teve até umas horas que elas ficaram se divertindo bastante lá esperando, mas na maioria elas foram tristes. E essas são as pessoas que vão ficar mais felizes com as pessoas que melhoraram, porque elas queriam muito. Sai abelha. Eu tô ouvindo seu barulho. Eu tô vendo a sua carinha de luz estranha. Ar entrando. Ar saindo

Ar entrando. Essa vez vou conseguir desbloquear as áreas cinzas, acho que não vou. Talvez não precise. Igual o professor fala, trabalhar diligentemente. Ombro, formigando. Braço, pulsando. Cotovelo, cinza. Braço vibrando. Mãos, vibrando igual braço. Vou tentar só o cotovelo. Não torcer pra nada. Acho que vou imaginar que não sei a sensação. Acho que vou imaginar tudo escuro. Tudo escuro bem preto como se fosse o espaço sem ninguém e sem nenhuma estrela e nenhum planeta, como se fosse o nada nada mesmo. Ar entrando

Esse lugar aqui não tinha alguém? Pelo que eu lembro tinha um monte de gente. Tinha um monte de gente sim com certeza. Talvez eu só preciso andar até encontrar todo mundo. Tá quente. Tá muito quente. Até que é gostoso andar na areia. Será que tá de manhã ou de tarde? Daqui a pouco eu vou saber. A areia tá fria agora, que gostoso. Talvez virou de noite. Vou tirar o tênis. Acho que só tenho que sentir pra que lado meus pais tão. É, acho que vou encontrar eles antes, vou falar pra eles o discurso antes e se eles falarem que tá bom, aí eu vou falar pra todo mundo. É, vou obedecer eles. Acho melhor só hoje. Talvez meu pai ficou bravo que eu saí no meio das aulas. Minha mãe eu sinto que ela já voltou. Ela nunca ia morrer e nunca ia ir embora de verdade. Eu acho que não. Se foi isso, acho que foi só por um tempo. Mas agora acho que já passou o tempo certo e acho que eu já posso voltar. Acho que quero voltar bem pro começo. Melhor encontrar eles e falar ou voltar pra barriga da minha mãe e fazer cócegas? Acho que se eu fizer cócegas, ela vai entender tudo. E acho que dá próxima vez vai ser tudo muito mais fácil. Eu gosto que é difícil, mas ia gostar mais se fosse com alguém. A Bia acho que ia ficar muito cansada de andar no deserto, mesmo que ela é Lobinha. Mas se tivesse um camelo eu ia emprestar ele pra ela e eu ia a pé, aí acho que ia ser tudo bem. Mas também ia ser legal com o Miliguel. Acho que não deu tempo totalmente, mas com certeza a gente ia se divertir muito e ele tinha cara de que gosta de aventura. Mas eu ia ter que escolher se ia ser com ela ou com ele, senão não ia conseguir dar atenção totalmente pros dois. E agora eu percebi que todo mundo precisa de mais ou menos um milhão de anos de atenção, um pouquinho de atenção totalmente e sozinha, assim a pessoa fica mais tranquila, e também que faça um pouco de carinho sempre que der nesses um milhão de anos, pode ser carinho na cabeça assim bem devagarinho igual ela fazia. "Meu Deusinho". É, com certeza esse é o melhor jeito. Acho que eu tô vendo que tudo vai desaparecer um pouco, mas tomara que eu desapareça junto, senão aí eu com certeza vou ficar muito sozinho. Mas se eu desaparecer junto aí vou ficar com todo mundo. Mesmo que não fique assim de falar e conversar. Acho que atrás dessa montanha de areia, depois dessa sim. Acho que eu só preciso continuar subindo, eu só preciso continuar subindo. Eu só preciso continuar trabalhando e sentindo a areia bem pequenininha. Areia, você é muito legal pra mim e você não me deixa sozinho. E eu queria muito falar brigado pra você, mas eu não sei se eu sei falar a língua da areia ainda. Mas eu vou aprender essa língua também, pra quando eu fizer o discurso, tudo que também não é pessoa também possa ficar bem tranquilo. A gente vai todo mundo descansar. A gente vai descansar muito todo mundo junto e também todo mundo separado. E todo mundo vai pensar que bom que é assim agora. E eu tava pensando sempre que eu ia ficar no alto falando bem alto pra todo mundo ouvir do melhor jeito, mas agora eu tô achando que eu vou ficar bem agachadinho e eu vou falar bem baixinho. Que também cansa menos. Mas baixinho de um jeito que todo mundo vai abrir o ouvido igual quando ouve a pessoa do lado da mesa que tá do lado no restaurante e essas pessoas tão cochichando. E elas tão cochichando bem baixinho e a gente começa a prestar atenção pra conseguir ouvir bem e tudo. É, eu vou andar bastante, porque agora que passou essa montanha de areia dá pra ver que tem mais talvez umas trinta ou umas mil, mas só dá pra ver umas trinta. Mas até que é bom andar um pouco sozinho. É, até que é bom. E vai dar tempo de pensar um pouquinho. Acho que eu tava com um pouco de vontade de chorar e queria muito ver eles e também todos os meus amigos, mas agora passou. Acho que só vou andar mais uns muitos quilômetros, mas acho que logo eu vou chegar. E quando eu chegar, acho que vou ensinar a música das cebolas pro meu pai.

CARA LEITORA, CARO LEITOR

A **Cachalote** é o selo de literatura brasileira do **Grupo Aboio**.

Lemos, selecionamos e editamos com muito cuidado e carinho cada um dos livros do nosso catálogo, buscando respeitar e favorecer o trabalho dos autores, de um lado, e entregar a vocês, leitores, uma experiência literária instigante.

Nada disso, portanto, faria sentido sem a confiança que os leitores depositam no nosso trabalho. E é por isso que convidamos vocês a fazerem cada vez mais parte do nosso oceano!

Todas as apoiadoras e apoiadores das pré-vendas da Cachalote:

— têm o nome impresso nos agradecimentos dos livros;
— recebem 10% de desconto para a próxima compra de qualquer título do **Grupo Aboio**.

Conheçam nossos livros pelo site aboio.com.br e sigam nossos perfis nas redes sociais. Teremos prazer em dividir com vocês todos nossos projetos e novidades e, é claro, ouvir suas impressões para sempre aprendermos como melhorar!

Embarque e nade com a gente.

Cada livro é um mergulho que precisa emergir.

APOIADORAS E APOIADORES

Agradecemos às **182** pessoas que confiaram e confiam no trabalho feito pela equipe da **Cachalote**.
Sem vocês, este livro não seria o mesmo.
A todos os que escolheram mergulhar com a gente em busca de vozes diversas da literatura brasileira contemporânea, nosso abraço. E um convite: continuem acompanhando a Cachalote e conheçam nosso catálogo!

Adriane Figueira Batista
Alexander Hochiminh
amanda santo
Ana Maiolini
André Balbo
André Montilha
André Oviedo Sautchuck
André Pimenta Mota
André Romitelli
Andreas Chamorro
Aniara Sani Margoni
Anna Martino
Anthony Almeida
Antonio Arruda
Antonio de Castro
    Figueiroa Neto
Antonio Pokrywiecki
Arissa Oda Baeca
Arman Neto
Arthur Lungov
Artur Polatti da Silva

Bárbara Alcantara
Bianca Monteiro Garcia
Bruno Coelho
Caco Ishak
Caio Balaio
Caio Girão
Caio Maia
Calebe Guerra
Camilla Ginesi
Camilla Loreta
Camilo Gomide
Carla Guerson
Carlos Francisco
    Maerz Falanga
Cássio Goné
Cecília Garcia
Cintia Brasileiro
Claudine Delgado
Cleber da Silva Luz
Cristhiano Aguiar
Cristina Machado

Daniel A. Dourado
Daniel Dago
Daniel Giotti
Daniel Guinezi
Daniel Leite
Daniel Longhi
Daniela Nóbrega de Souza
Daniela Rosolen
Danilo Brandao
Denise Lucena Cavalcante
Dheyne de Souza
Diogo Mizael
Dora Lutz
Douglas Mattos
Eduardo Rosal
Eduardo Valmobida
Elissandra Patricia Melo
Enzo Vignone
Eva Maria Lazar
Fábio Franco
Fabricio Melo
Febraro de Oliveira
Flávia Braz
Flávio Ilha
Francesca Cricelli
Frederico da C. V. de Souza
Gabo dos livros
Gabriel Cruz Lima
Gabriel Stroka Ceballos
Gabriela Machado Scafuri
Gabriela Sobral
Gabriella Martins
Gael Rodrigues

Giovanni Ghilardi
Giselle Bohn
Guilherme Belopede
Guilherme Boldrin
Guilherme da Silva Braga
Guilherme Fernandes Silva
Gustavo Bechtold
Hanny Saraiva
Henrique Emanuel
Henrique Lederman Barreto
Isabella Bomeisel
Ivana Fontes
Jadson Rocha
Jailton Moreira
Jefferson Dias
Jessica Ziegler de Andrade
Jheferson Neves
João Luís Nogueira
Jorge Verlindo
Júlia Gamarano
Júlia Vita
Juliana Costa Cunha
Juliana Slatiner
Júlio César Bernardes Santos
Laís Araruna de Aquino
Lara Galvão
Lara Haje
Laura Redfern Navarro
Leitor Albino
Leonam Lucas Nogueira
Leonardo Pinto Silva
Leonardo Zeine
Lili Buarque

Lolita Beretta
Loraine Maria Calza
Lorenzo Cavalcante
Lucas Ferreira
Lucas Lazzaretti
Lucas Verzola
Luciano Cavalcante Filho
Luciano Dutra
Luis Cosme Pinto
Luis Felipe Abreu
Luísa Machado
Luiza Leite Ferreira
Luiza Lorenzetti
Mabel
Maíra Thomé Marques
Manoela Machado Scafuri
Marcela Roldão
Marcelo Conde
Marcelo Monteiro
Marco Bardelli
Marcos Vinícius Almeida
Marcos Vitor Prado de Góes
Maria Cecilia
    Monteiro Stroka
Maria de Lourdes
Maria Fernanda Vasconcelos
    de Almeida
Maria Inez Porto Queiroz
Maria Luíza Chacon
Mariana Donner
Mariana Figueiredo Pereira
Marina Lourenço
Mateus Borges

Mateus Magalhães
Mateus Torres Penedo Naves
Matheus Picanço Nunes
Matias Borgström
Mauro Paz
Mikael Rizzon
Milena Martins Moura
Natalia Timerman
Natália Zuccala
Natan Schäfer
Otto Leopoldo Winck
Patricia Stroka Ceballos
Paula Luersen
Paula Maria
Paulo Scott
Pedro Brum De Mello
Pedro Torreão
Pietro A. G. Portugal
Rafael Atuati
Rafael Mussolini Silvestre
Raphaela Miquelete
Renato Zapata
Ricardo Kaate Lima
Ricardo Pecego
Rita de Podestá
Rodolfo Ceballos
Rodrigo Barreto de Menezes
Rodrigo Leão
Rodrigo Ratier
Roseny Monteiro
    dos Santos Uerlings
Samara Belchior da Silva
Sergio Mello

Sérgio Porto
Sergio Sani Junior
Thais Fernanda de Lorena
Thassio Gonçalves Ferreira
Thayná Facó
Tiago Moralles
Tiago Velasco
Valdir Marte
Victor Gonçalves Conrado
Victoria de Falco Caparbo
Weslley Silva Ferreira
Wibsson Ribeiro
Yvonne Miller

EDIÇÃO André Balbo
CAPA Luísa Machado
REVISÃO Camilo Gomide
PROJETO GRÁFICO Leopoldo Cavalcante

PUBLISHER Leopoldo Cavalcante
EDITOR-CHEFE André Balbo
ASSISTÊNCIA EDITORIAL Gabriel Cruz Lima
DIREÇÃO DE ARTE Luísa Machado
COMERCIAL Marcela Roldão
COMUNICAÇÃO Luiza Lorenzetti e Marcela Monteiro

GRUPO ABOIO

ABOIO EDITORA LTDA
São Paulo — SP
(11) 91580-3133
www.aboio.com.br
instagram.com/aboioeditora/
facebook.com/aboioeditora/

© da edição Cachalote, 2025
© do texto Gabriel Stroka Ceballos, 2025

Todos os direitos reservados. Nenhuma parte desta obra pode ser reproduzida, arquivada ou transmitida de nenhuma forma ou por nenhum meio sem a permissão expressa e por escrito da Aboio.

Grafia atualizada segundo o Acordo Ortográfico da Língua Portuguesa de 1990, que entrou em vigor no Brasil em 2009.

Dados Internacionais de Catalogação na Publicação (CIP)
Bruna Heller — Bibliotecária — CRB10/2348

C387c
    Ceballos, Gabriel Stroka.
       Coração pequeno / Gabriel Stroka Ceballos. – São Paulo, SP: Cachalote, 2025.
    145 p., [15 p.] ; 14 × 21 cm.

    ISBN 978-65-83003-53-9

    1. Literatura brasileira. 2. Romance. 3. Ficção contemporânea. I. Título.

CDU 869.0(81)-31

Índice para catálogo sistemático:
1. Literatura em português 869.0.
2. Brasil (81).
3. Gênero literário: romance -31

Esta primeira edição foi composta em Adobe Caslon Pro e Martina Plantijn sobre papel Pólen Bold 70 g/m² e impressa em junho de 2025 pelas Gráficas Loyola (SP).

A marca FSC® é a garantia de que a madeira utilizada na fabricação do papel deste livro provém de florestas que foram gerenciadas de maneira ambientalmente correta, socialmente justa e economicamente viável, além de outras fontes de origem controlada.